KB073262

모두가 꽃이다

늘봄

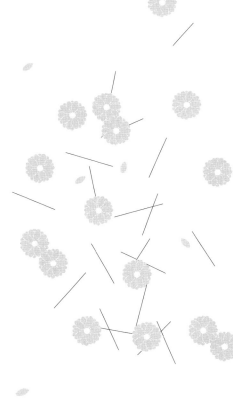

산사에서 보내온 아침 문자

모두가 꽃이다

· 늘봄

보허당 지음

한송뜰

참회하옵니다

사람이고 싶습니다
물론 껍데기야 인두겁입니다
사람의 탈을 썼으나
정녕 사람으로 사람다움의, 그 참사람인지
불성을 가지고 있되
그 불성이 불성답게
서로 공존의 마음으로 서로 존중하며
내 할 일 내 소임만 하며 사는지
아니면 내 편견에 사로잡힌 오만불손한 삶은 아닌지
골똘히 다시금 생각해 봅니다

이번 생을 살아오면서
자그마한 마음 울림인
그 마음의 평온을
내 지기들께 이야기한 거리
그 거리로 주절인
아침 휴대폰 편지를 묶어

책이 되어 걸음짓하게 되었습니다
이에 덧붙이는 이번 생 몇 조각
이 세상 태어날 수 있도록
마음의 옷을 만들어 주신
부모님께 우선 감사드리고
나와 공존하며 가없는 세월 함께해 온
모든 것에도 아울러 감사드립니다

부모님이 곱게 만들어 주신 옷,
다 닳으려면 한 백년입니다
업식에 따라 달리하는 옷(몸)
그런 옷 한 벌 주신 부모님께서
약속명 붙여 주신 이름 ○○이고
불법 만나 주어진 이름 ○○입니다
지금에 불리는 이름은 ○○님
이름이 ○○님입니다
그렇습니다
낸 그저 나일 뿐입니다
물론 이름도 없습니다
이름 붙일 만한 자리가 없습니다
내야 이게 내야라고 할 만한 내도 없지만
그래도 늙수그레한 작은 모양
그 모양에 이름을 ○○님이라 붙여 부릅니다
이름이 그럴 뿐입니다

이름마저도 붙일 곳 없는 내
그 낸 그저 나, 내일 뿐입니다
그렇습니다, 이름이 그렇습니다
내 이름이 ○○님입니다.
그렇습니다, 이름이 ＿＿님입니다
이름 없는 낸 그저 한 모양 뙈기
모양 없음에 ＿＿님이
한 뙈기 모양 만들어 주절이니
산이 되고 물이 되고
구름 되고 바람 되어
꽃피고 새우는 속에 맺어지는 열매
그 열매 맛은 쓰고 떫고 달고 시고 매우며
보기도 하고 듣기도 하고
말하기도 하고 냄새 맡기도 하며
느끼는 소소영영이 맺어 감에
악업은 악하게 선업은 착하게
악업 선업 여의였으면 여읜 대로
탱글탱글 영글어진 열매 길 갑니다

그 길 등불은 석존의 첫 말씀입니다
"천상천하 유아독존(天上天下唯我獨尊)"과
"자등명 법등명(自燈明法燈明)" 하라는
마지막 유언 말씀을 되새김으로
살아가는 길 나그네입니다

내 마음에 새겨짐을 볼 때
석존의 첫 말씀처럼 이 세상에서
나 홀로 존귀해 우뚝한 존재 내입니다
너 홀로 존귀해 우뚝한 존재 너입니다
이럼에 서로의 존중 존귀함으로
살아가는 여정에 지침으로 되새김하며 갑니다
"내 스스로 내를 비추어 보고 세상 이치에 비추어 보며
내 스스로 빛이 되라" 하시고
"이 세상 빛이 되라" 하신 말씀
그 말씀이 길 이정표가 되어
여리지 길 걷는 길 나그네로
허공에 한 점 티끌을 낳는 오점,
깊이 참회 마음 새깁니다
스스로 지은 모든 잘잘못
지금 이렇게 일심 참회합니다
모두가 다 여리지에 이를 날
그날까지 일심참회로 길, 갑니다
모두여, 행복의 바다에 이릅시다

기해년 삼월 어느 날
보허당

‖차례‖

1장

불기 2561년 ● 가을

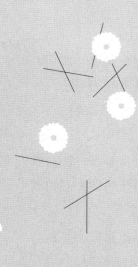

한 세월일 것 같던 들판

비워져 가는 시월

늘 할 것 같던 들판이

하나 둘 떠나는 세월

가는 길은 어디메인지

떠난 길은 어디메일까

가없는 들판 매양

떠나기만 하는지

순간의 이별이 너

찰나의 이별이나

시월 들판 너 떠나니

세월 들판 나도 간다

9월 1일
정해진 숫자
정해 놓은 세월은
왜 이리 빠른지

숫자 놀음 모르는 난데
숫자가 어느새 9월 1일

세월은 정유년의 강
한 고비 돌고
두 고비 돌아간
세 고비 맞는 구월

뭣이 가고
뭣이 오는지
가고 옴에 멈춘 발길
구월이 가을 몰아
서늘한 아침
내 품에 따스하게 녹는

가을 휘하니
가슴 끝에 스밉니다
스밈이
깊어 푸르러 푸른 날
파랗게 배어나는 물색

구월 하늘
파랗게 바다로 흘러
초록이 져
푸른 바다 된 구월 일일

자연의 이치란
계절이 말해 주고
자연의 숨결 바람이
부는 날마다
마다 마다 잇는 생(生)이여
마다 마다 잇는 사(死)여
늘!……?

O 잘 챙겨 갑시다. 한가을 아는 '내'
미소엔 미소.

뭘 그리
오물오물
한 볼때기 볼록하니

뭘 그리
들락날락
한 발길 분주한지

가을날에
슬슬한
바람, 바람 뚝뚝

보랏빛
넝쿨, 덩굴 맺힌
노을빛에 붉은 향기여

노을 따라
익어 든 붉은 향기는
초롱초롱 밤하늘 칡꽃이

가을밤
가득한 보랏빛에 취해
찬 이슬에 잠드는 별들

칡꽃이
품어 내는 향긋한 향수
오물오물 한입 베어 문 달

한 가을
한 낮 한 밤 한 하루
내리쬔 가을볕에 익어 간

어젠 좋은 날
오늘은 알찬 날
내일은 이뤄 여울진 날

님이시여
님들이시여
님이 님이 되어 간 날……"!"?

O 잘 살펴 갑시다. 익어 익은 소식 아는 '내'

구월 삼일
조석으로 선선함이
시리게 다가옵니다
선선함이 청량한 게 아니라
살갗이 시려 옵니다

계절 인지등이
과잉 반응일까 이 시림은?
이 저녁에
그
이리 가슴 시려 하는
한 자락 밤 달빛도 내려와
마음 시린 엠_(0)_이여

철 따른 귀뚤이가
귀뚤귀뚤 시린 맘에 울고
먼 산 줄기 따른 소쩍새
긴 시림에 울림은
소쩍 소쩍 소쩍쩍
가을밤 새워 울어 하얀 달이

이슥한 밤 이슬도 새워 맺힌 찬 이슬
차가움에 찬 시린 가슴 엠은
그리운 내 님 알고 싶어
파리하니 새우는 밤이여

가없이 가없는 길에 내 님
내 님은 낼 알까?
무수히
무수한 날 그리 함께했건만
늘 그리는 내
언제쯤 하나인 하나를 알까
늘 함께인 내 님, 그 내 님은
언제쯤 하나란 걸 알까?!

늘 그리운 내
내 님이 되어 올 날
기다림 끝
언제쯤 _0_?!……

〇 잘 살펴 갑시다. 헤어짐 없는 내 님 아는 '내'
미소 가없음에.

내일은 백중
백중엔 모두가
편안한 경지에 이르도록
일체 성인들의
가피가 함께하는 날

늘 함께하지만
특별히 정해 놓은 절기로
지옥 고통 받는 이들
특별 사면 되는 날
특별 지복에 이르는 날

내 마음 흔들려 비틀하면
그때가 지옥 고통
내 마음 초연히 적멸하면
그때 그곳이 니르바나
내 마음이 시키고
내 몸이 따라 지어
몸과 마음이 받는 고통

백중이라 칠월 보름
부처님이신 성인들의
자비광명으로
내 스스로 맑아지고
내 스스로 밝아지는
내 스스로 행복함에
내 스스로 모든 걸 해결하는
극락왕생 길 열리는 날
우리 그러한 날!······

모두여 영원한
행복에 이르소서

O 잘 챙겨 갑시다. 스스로 행복 아는 '내'

옛 님의
진실한 진실어
그 진실함이란
진실을
진실인 줄 알았기에
거짓을
거짓인 줄 알았기에
허망을
허망인 줄 알았기에
즐거움을
즐거움인 줄 알았기에
진리에
이르렀다 말하네
참스런
참살이가 참진리

옛 님
고구정녕하신 님
오늘도
이러히 고구정녕하시네

미진 티끌도 버린 일 없고
큰 마음
큰 뜻만도 취하지 않는
푸른 하늘
한 허공 한마음이네
미진 티끌에
우주 머금었고
네가
내가 하나인 우리
함께하는 우린 한송인

모두여
늘 행복하소서!……

○ 잘 살펴 갑시다. 나라고 아는 '내'
미소 보배로운 。

바삐 저리 바삐
한철 감이 못내
맴맴 맴도는 목 놓음
일주일의 이야긴
절절한 한평생 삶
맴맴 숨 가쁘게
가을 간 여름 부르는 짬
몇 조각 흰 구름
구월 하늘 파랗게 맑은 뜰
할 일 없어 '낸'
가을 옆에 끼고 앉은 멍!

마당 하늘 붉은 고추 빙빙
빙빙 돌다 돌아들어
고추잠자리 얇디얇아진 날개
하늘도 파랗게 젖어
너울너울 넘나든 흰 구름
빙빙 고추잠자리
빨갛게 날아 익히는 계절

가을마당 멍석에는
붉은 고추 모여 든 가을을
잠자리도 부러워서
그 이름이 고추잠자리
마당가 가을이 마당 마당
가을이 파래 파란 하늘

내도 갈 되어 비워지는 가슴속
저려 저린 공허한 갈
서늘 갈바람
마당 쓸어 가는 휙~
구월 시린 가슴 공활하게
세월 그리움 허공 담는 날

가을 길, 가을 노래는
고추잠자리 되어
붉음 토해 부르는 가을 이야기
가을, 가을, 가을이라고……

○ 잘 챙겨 갑시다. 바람 한끝에 가을이라고 아는 '나'를
미소 가을한.

앞집 장닭 어김없는 새벽 소리
여명의 아침이라고
아(내들이여)
침(어둠 깨라고)
아침마다 목 울림의 소리

개울 개울 졸다 잠든 암탉
시끄러워 귀 막는 귀찮음
밤이라 푹 잤으면
꿈도 꾸지 말고 푹한 잠
암탉의 맘 아랑곳없이
어김없는 새벽 울림
장닭의 기침에 나날

동녘 트여 밝은 아침
아직 해도 안 일어났는데
부지런한 장닭 암탉들 줄지어 이끌고
밭 갈고 뒤집으며 찾는 먹이
식솔들
한 끼 먹이려고

한 끼 먹으려고
어둠 뚫는 새벽 울림
자연의 이치

장닭이 울어야
밝아지는 아침에 암탉
눈 비비는 아침 밭갈이
밭 갈다 발톱 다 닳아
반짝이는 햇살 아침
긴 사래밭은 닭들의 자연 곳간
파 뒤집기만 하면 알알먹이

오늘도 장닭 어김없는 울음이
새벽 밝아 오는 아침
뒤뚱뒤뚱
암탉들 일상 밭갈이……
생이여……
사여…… 무엇인가?

O 잘 살펴 갑시다. 아침 밝음 아는 '내'
미소 핫하게

빈 뜰에
빈 밤을
빈 마음으로
고요히 지샙니다

빈 뜰에는
밤 별들이 초롱초롱하게
빈 가슴을
오가며 고요한 밤

풀벌레
저마다 제 노래 부르고
빈 뜰
밝은 달 홀로 밝히며
새벽하늘 돌아갑니다

우두커니
새벽 깔고 앉아
빈 하늘
빈 뜰

빈 가슴에 담는 허심

빈 뜰에 걸터앉은
새벽하늘 빈 별들
반짝여 홀로
홀로 앉은 빈 새벽 나,
그리운 건 참!…… 뿐!……

내 36좌
불변의 36좌
불변 알아 올 날은……
…… 언제려나!?……
'불변'
스스로 지어 스스로가……
참!이
참!…… 참 그리운 "　"!?

○ 잘 살펴 갑시다. 진실한 자신 속지 말고 아는 '나'를
미소 진실한

진실어중 선밀어(眞實語中 宣密語)란
천수경 한 구절

진실한 말 한마디
최고의 비밀스러운 말이라
말씀하셨다

요즘에 더욱 가슴속에
스미는 한 구절인 것 같다

진실한 말 한마디와
진실한 맘 한 자락이
절실히 뼛속에 사무친다

옛 님
가난해 비가 새는 집에
홀로인
조주종심 스님 말씀은
사람들은 내게 매일 아침
차만 달라 하네……

이리 가난해 먹을 것도 없는데……

요즘엔 난
천수경 이 한 구절과
조주 스님 이 한 구절이
절실한 내 마음 된다

"눈 씻고 봐도 없다"라는
옛 말씀이 연이어 떠오름은?……

낸 가을 계절인데
낸 가을로 가는 길인데
눈 씻고 봐도
진실어중 선밀어 없고
무위심내 기비심(無爲心內 起悲心) 없네

참!
참이 참 그리운 날에……"!"

○ 잘 살펴 갑시다. 속지 말고 속이지도 말고 늘 소소영영한 '내'
미소 참의.

엄마
내 어릴 적 엄만
이 세상 최고였다

어머니
그 이상의 존재는
어디에도 없었다

어머니
내 나이 들면서
남들에게
내 어머니라고
얘기하기 그랬다

나이 들면서
내 어머니
왠지
부족하게만 느껴져서

내 나이 늙어 감에

내 어머니 소중한 분
이 세상 무엇보다 소중한
내 그리운 고향

내 그리운 어머니
늘 그리운 어머님
어디에 있든
진한 어머니 향
내게 전해져 온다

날
이 세상에 올 수 있게
마음 열어 맞이하시고
몸 상하도록 길러 주신
이 세상 하나뿐인 내 어머니

엄마란
늘 그리운 내 고향……

О 잘 살펴 갑시다. 어머니라고 아는 '내'
미소 어머니처럼

어디로 갔을까
지난여름은……
어디에
꼭꼭 숨어 있을까
힘겨워
터덜터덜 걸어가려나
암튼 갔다 여름은……

지리한
여름과 지냈던 내
그 내도
갔다 여름과 함께
툭툭
떨구며 터벅터벅
그렇게 갔다 여름에 낸

기억도
추억도 남기지 말라
손
저으며 발가락 똑 해놓고

추적추적
가버렸다 긴 여름 낸
가을 태풍에 밀려 밀려서

시시각각
시시때때
변화무쌍함에
한순간도 머물지 않고
가고 또 간다 '내'들은……
길고 긴 길
기약 없이 가는지 모르며
투둑 투둑 소리 없이 간다
긴 길을……

○ 잘 살펴 갑시다. 시시때때 아는 '내'
미소 늘 그러하게

잠결
먼 길의 걸음
걸음 소리 몽롱
긴 여행길 노고 때문

고단하다
쉬어가자
길 걸음에 지친 몸
길 걸음에 부산한 맘

맘 여여하게
몸 여여하게
내들이 여여한 여리지
내들이 여리지 무등등

잠
결 지은 꿈의 밤
밤
하 깊어 꿈꾼 꿈은 꿈

아~
꿈속에 날들
꿈속에 일들
새벽 깨어 깨우는 잠

깹니다
샛별처럼 새벽하늘이
깹니다
새벽하늘 깨어 깬 속!……
뭐꼬? 뭐꼬로 관세음
나무관세음보살

○ 잘 챙깁니다. 아는 '내'
미소 빙긋.

툭
뚝
까칠이
까칠까칠 떨다
툭 벌어져
뚝 떨어집니다

가을
익어 가는 소리가
누릇누릇 들리고
파랗게 떨어져
아침노을 붉게 핍니다

가을
여기저기서
가을 노래하는데
난 시름에 한탄 후……만
삶이 버거워서 후~~만

삶이

버거워도 그냥 갑니다
시름에 겨워도 갈 거고
즐겨도 가는 세월
세월 따른 길손 '나'들
가는 세월 잡으며 버거워 말고
오는 세월 잘 다스립시다
어차피 가는 것
괴로워 괴로워 말고……

음~ 이마저도 가리
만물에 영장으로 초연히!……

○ 잘 살펴 갑시다. 만물의 영장 아는 '내'
미소 넉넉한

지구별
참 많이 피곤할 것 같습니다
낮에는
분주한 우리들 삶 때문에
밤에는
쉰다는 핑계의 삶 때문에
잠시도
눈 붙일 새 없이 바삐 갑니다

뭔 일이 그리도 많은지
쉴 새 없는
돌아감이 그렇습니다
뭘
그리 핑계거리가 많은지
이 핑계 저 핑계로
일초도 쉼 없이 돕니다

밤이라 나는 잤는데
지구별은 잠도 없이
그냥 이리 돕니다

나도 잤다지만
쉼 없이 돌고 돌았습니다
쿨쿨하는 가운데
일하는 놈은 돌고 도는

늘 쉼 없는 우리여
늘 도는 지구별이여
함께하는 우린 지구별
나도 별 너도 별
별 별 별 우린 별!······

O 잘 살펴 갑시다. 이렇게 소소영영함 아는 '내'
미소 한결같이

여기 내가 피고
저기 네가 피는

여기 비어 파란 하늘
저기 비어 무한한 뜰

비어 빈 한 송이여!
피어 핀 한 송이여!

우린
아름답다 말을 여읜
무색 무색인……"!"

○ 잘 살펴 갑시다. 푸른 창공 아는 '내'
미소 피어난.

이미
그러한 걸
이미
그렇게 된 걸
이미에는
그냥 갑시다
이미에는
그냥 갑시다
위로하며
보듬으며
아픈 마음 달래 주며
함께인 길 그리 갑시다

○ 잘 살펴서 여리지에 아는 '내'로
미소 이미에.

태풍
끝 한 자락이 비로
가을마당 이곳에 왔습니다

어제부터
큰바람 끝이 이곳에
비로 뚝뚝 내립니다

빗줄긴
먼 여행길이라
힘없이 그저 뚝뚝

뚝뚝 떨어뜨림이
가을이 떨어뜨린
익은 알알 같습니다

비도 뚝뚝
익은 자연도 뚝뚝
내도 설어 뚝뚝 뚝

이 가을에
큰바람 지나간 끝자리
비와 내가 뚜욱뚝!……

가을마당
떨어져 날리는 잎새
잎새도 고향길에서는 날

낸!
난!
아상만 작렬하게 나부끼네

O 잘 챙겨 갑시다. 아상 낸다고 아는 '내'
미소 가을한.

늘 무색 하늘인데
때론 파랗게
때론 회색빛으로
때론 칠흑같이 까맣게

늘 한결같은 하늘인데
때론 맑게
때론 희뿌옇게
때론 침침하니

늘 한마음인데
때론 정겹게
때론 사랑스럽게
때론 심통스럽게
때론 아귀다툼인

늘
늘 한 하늘인데
때론 봄이
때론 여름이

때론 가을이
때론 겨울이

늘 우린데
늘 함께하는데
늘 함께 가는 길인데
생각 따라 생각에 매여
갈팡질팡 맴맴⋯⋯

참!
참인 세상
참인 우리인데
참으로 못 살고
참~ 한심하니
참__( )__ 나 몰라라 하네⋯⋯

○ 잘 살펴 갑시다. 불생불멸 아는 '내'
미소 한결같은 ●

여리지 길
참다움에 벗이
머물다 간 자리에
창한 시림이 젖어 옵니다

작은 토굴에
매일 모이는 친구
하나 둘 셋……
낸 들락날락…… 요지경……

작은 참선방엔
한 분의 부처님
둘 셋……. 천, 만…… 수없는 님
부처라 소소영영하신 님들

여리지 길
참선 친구들 참구하다
집으로 돌아간 빈자리에는
우담바라 하나 둘 셋……
시린 달빛에 피어 핍니다

하얀 달빛에
우담바라 홀로 핀 야삼경
야심해 우담바라도 홀로
하나 둘 셋……
작은 토굴 꽃이 된 '내'들

삼천 년이야
그리 흐르지만
흐르는 바 없이 핀 꽃이여
그 이름 우담바라여라
그 모습 우담바라여라
우담바라 달빛에 핀 날에

모두여 안녕하소서!……

❍ 잘 살펴 갑시다. 하나 둘 셋…… 아는 '내'
미소 우담바라

경주엔 남산이 있습니다
서울에도 남산이 있구요
남산
남산이 걸어서 왔습니다
걸은
세월이야 하 세월이겠지만
그래도
온 바 없이 그리 왔습니다
와서는
왔다는 인사도 없이
그냥
맑은 눈웃음만 짓네요

삼능골 상원사 마애불은 어쩌라고
냉골 목 없는 부처님은 어쩌라고
용장골 삼층탑 아미타불 어쩌라고
석가골 미륵불은 어찌하라고
칠불사 마애불은 또……
남산골 골마다 계신 님들
소나무 가지에 매어 놓고

하얀 화강석에 좌정하여
화엄 삼매 들라해 놓고서
남산 홀로 왔나 봅니다

토함산 해님이 넘어오면
남산엔 햇살 쫙~ 화엄 산하
서라벌 황금 뜰도 화엄 바다
화엄 한 경 읊어 울리는 목탁
경주엔
남산이 홀로 우뚝
옛 신라 도읍 굽어 보며
오늘 내일 신라 그립니다

남산
한송뜰 홀로 남산
한송뜰엔
남산이 홀로 앉은 미도
미도엔 남산이……( )!……?

⭕ 잘 살펴 삽시다. 신라도읍 기억하는 내 그렇다고 아는 '내'
미소 늘한.

푸른 산 보며
푸르름으로
말 없는 듯 살고 지고
푸른 하늘 보며
푸르르게
티 없는 듯 살고 지고

푸른 산은
늘
푸르게 한마디
푸른 하늘은
늘
푸르른 한마음

말 없는 듯이
티 없는 듯이
푸른 산
푸른 하늘처럼

옛 님

그리 살라 하는데
낸
부질없는 욕심만 가득

채울 곳 없는 창고인데
창고 경계 없는 빈 통인데
부질없이 욕심만 가득
가져갈 수 없는 욕심만
부질없이 부질 떠는…… 부질

푸른 산
푸른 하늘
푸른 '내'들
늘 푸르르게……＿( )＿!

O 잘 살펴 삽시다. 부질없다 아는 '내'
미소 아티하게.

빈 뜰
빈 뜨락 깊음으로
가을마당
알알 익어 모입니다

멍 하나
멍 둘
멍 멍 이어 멍석 만들어
돌돌 굴려 마당에 깔고
붉은 고추 데려오고
붉은 대추 데려오고
알알 콩콩 가을 잔치

붉은 팥
노란 기장
앞 논배미 나락
붉은 석류 톡톡톡
가을마당 멍석엔
모여든 삼라만상이
미묘 단디[1] 하는 보림

가을 뜰
톨톨 알알들
맑은 하늘
홀홀히 날아
날개에 그린 그림 가을

찬바람
찬 이슬 내리는 가을
가을
간다고 갈 가을
텅
얇음마저 텅한
금빛 뜰
갈날에 추상이여!……

O 잘 살펴 갑시다. 맑게 밝게 향기로움 아는 '내'
미소 알알 익은

1 '단단히'라는 뜻의 경상도 사투리

까만 물감 풀어
밤하늘 물들여서
아주 까만 하늘에
반짝이는 보석
한아름 흩뿌렸더니
까만 하늘 별별
흐드러지게 피었네요

흩뿌려
까맣게 물든 하늘에
콕콕 보석들 밤샘 콕
까맣기에
반짝이는 금빛 별 별
한 소대 이루어
한 연대 이루고
한 대대 이루는 한 뜰

한점
달랑달랑 북쪽 한별
한별 밤새워

륜(輪) 굴려 태양 맴맴 돌고
별별 쏟아낸 까맘
까만 물든 하늘에 반짝이
한송뜰
한 깊음 고이고이 숨긴 밤
까매
밤하늘 별이 된 보석

하늘 보석
반짝반짝 한얼이여
우리들
모여 모인 한얼이여
우린
한얼 한 우리 한!……
난 우리여라
넌 우리여라
너와 난 우리여라

○ 잘 챙겨 갑시다. 너와 나, 우리 아는 '내'
미소 반짝이는。

망향
그리워서 왔습니다
망향
그리워서
그리워서 그립니다

망향
진한 망향이라
이 가을밤이 시립니다
망향
늘 그리움에 망향

망향
망향이라 꿈을 꿉니다
망향
이리 가슴 에도록
파란 그리움이
가을 파란 하늘 견줍니다

이 그리움은

망향을
안고 살기 때문
망향을
품고 살기 때문
망향을
업고 살기 때문

망향
늘 그리운 내 향
늘 한 그리움에 내
내 향이 그리운 날!……
망향
그곳 보타락가산!?……

O 잘 챙겨 갑시다. 그리움 아는 '내'
미소 망향의.

구월 문을 열며
선선한
가을 아침 맞이했는데
하루 이틀 지나
어느새 구월 하순
몇 밤만 자고 나면 시월
시월은 좀 마디게 갔으면
세월 잡고픈 이내 마음!······

구월이 맑은 웃음 짓고
구월이 선선한 미소로
세월 감을 이야기합니다
구월이 이렇게 가면
시월은 문 열어 하늘하늘한
그런 개천이길 바라며
애써 가는 구월을
가는 세월에 초연해 봅니다

구월 시월
만물이 열매 맺어

익어 익어 씨앗 남기는 날들
추수라 좋기도 하지만
씨앗을 남겨 더 좋은 구시월
우리들도 한송뜰에
한송인 씨앗으로 길이 남길
'이 뭣고'?! 잘 단도리할 날

내인 내가
더 여물어 물티 없는 알알
밀알이 되는 그런 구시월
구월이 가기 전에
시월이 가기 전에
우린 단디 해
여문 '이 뭣고'
잘 관리하는 '보림' 계절!

잘 단디 해 놓침 없는
잘 단디 해 삐침 없는
잘 단디 해 쭉정이 아닌
알토란처럼 여문 님으로

잘 단디 해 여리지 갑니다
난 내 길을 여리지에
넌 네 길을 여리지에
우린 정도 길 여리지에!……

우리 두 손 맞잡고
강강술래 여리지
여리지 길 우리들 구시월
함께하는 길 우리 한송뜰
너와 내가 주인인
우리 서로가 주인인
우린 우주의 홀로 주인인
우린 '참주인'!

〇 잘 살펴 갑시다. 낭떠러지 떨어지지 말고 아는 '내'로
미소 소담하게.

아프진 않은데
몹시 불편합니다
발가락
하나 다쳤을 뿐인데
참 많이 불편합니다
아픔은 모르겠는데
마음대로
걷지 못해 몹시
몹시 불편합니다

걸음이야 그렇다지만
예불 때 하 그렇습니다
구부러지지 않는 발가락
참 많이 불편합니다
절뚝이는 건 괜찮은데
발가락 일자로
거만 떠는 게 그렇습니다

그리 거만하지 않았는데
하루 3000배씩

수없는 날 하심도 했는데
그 많은 세월
많이도 내려 놨었는데
거만한 발가락 아니었는데
참 고마운 엄지인데
다치게 해서 엄지에겐
너무나 미안하기만 합니다

속 모르는
이들이 쑥덕일까봐
속 모르는
이들이 구업 지을까봐
못내
그것이 아쉽습니다
내로 인해
구업이 숙세 될까봐
못내
그것이 이리 걸립니다

발가락

가을이 다 갈 때 쯤
그땐
다시 하심한 완치 되겠죠
그땐
못다 한 내려놓음 내려놓겠죠
그땐
올 가을 마지막 가는 날엔
불편함
편함이 되어 예불 올리겠죠
내 맘
모두께 올리는 예불되겠죠
'낸' 이러히

모두여
행복의 평화 숲 되소서
모두는 늘~
평온의 지복이신
아름다운 님들입니다

❍ 잘 살펴 갑시다. 아름다움 아는 '내'
미소 온화.

두 눈 뜨고 어두운 길 환희 비추며
내 달리는 애마 까망이 두 눈엔 안광이 ○○미터
○○미터는 좁힘도 없는
늘 그 간격으로 비춰 줍니다

좁혀지지 않는 거리 고만큼만 비추며
내 가고픈 곳에 이릅니다
갔다간 되돌아오는 곳
출발했던 그 자리에 회향
어디든 갔다가 꼭 그 자리에 옵니다

간 곳은 다를지라도
오는 곳은 늘 제자리
출발했던 그곳으로
돌아온 곳 까망이 집
까망이 이번 생에 집
까망인 내 애마라
나도 나갔다간 되돌아 온 곳은 내 집
몸이야 그렇다 해도 마음의 집은 이 몸뚱이인데
대체 그 마음이란 놈은 어찌 생겨 먹었기에

시시각각 변하는지
한시도 가만있질 않고
어딜 그리 나도는지
집은 늘 텅텅 비워 놓고
어딜 그리 헤매는지

조금 전(과거) 순이네로
지금(현재) 돌이네로
조금 후(미래) 허허네로
애랑 놀고 재랑 싸우고
애재랑 희희낙락 재애랑 티격태격
늘 그리 놀러만 가고
제 집은 텅텅 비워 놓는
부질없는 내 세상살이

마음이 허하지 않게
자기 자신 단단히 단속하는
'참사람' 우리들 됩시다

O 잘 살펴서 갑시다. 빈집 만들지 말고 아는 '내'
미소 후훗.

내 애마는 내가 주인
주인인 내게 키가 있습니다
키를 쥐고 있는 내가 주인
내 소유물 까망이 애마, 까망인 자동차인 내 애마
먼 곳에 출타할 때는
애마를 주인인 내가 운전해 갑니다
내가 가고픈 길로 갑니다
때론 고속도로로, 때론 구불구불 산길로
내 마음대로 운전해 갑니다

하지만 이럴 때도 있습니다
발가락을 다쳐서 엑셀을
밟을 수가 없어서 옆자리 앉았고
다른 님이 운전합니다
내 차지만 운전수는 다른 님
차는 운전하는 님에 따라 움직여 갑니다
내 애마인데 운전수는 둘
내 소유물이지만 다른 님이
지금은 운전합니다
낸 그냥 지켜봅니다

운전 지금 조종한 님이
님의 생각 따라 움직입니다

사람도 운전하는 ( )님이 있어
이렇게 꼼지락거리기도 하고
울기도 웃기도 합니다
먹고 자고 놀고 생각대로 움직이며 살아갑니다
이 몸을 무엇이 있어 이리 움직여 갈까요
무엇이 있어 이리 저리 끌고 다닐까요
이 몸뚱이 끌고 다니는 님
그 님은 어찌 생겼을까요
몸뚱이를 움직이게 하는 것
그것이 과연 뭘까요?
무엇일까요? 뭘까요?
이 몸을 운전하는 님 뭘까요?

깊이 골똘히 사유하고
깊이 골똘히 참구해 봅니다
나란 무엇인가를?……

● 잘 살펴 갑시다. 나라고 하는 이것 무엇인지?

시월의 문 앞에 서니
찬바람이 코스모스
한 잎을 흔들며 지납니다

코스모스 한 잎에
찬바람이 훗훗이
찬 서리 부르는 시린 뜰

찬 이슬 슬며시
코스모스 꽃잎에 베고
베어 여무는 찬 이슬

햇살 아침 넘어오면
탱글탱글 영글어
영롱한 빛에 맺힌 이슬

맺힘에 영롱한 이슬 뚝
햇살 진시 지나 사시 되면
고향 땅 고향 하늘 그리움 진

찬 이슬 머물고 간 자리
싱그러운 미소로
코스모스 핀 날

코스모스 한결 지어
한가을 가는 길엔
우리 삶 영글어 여무는 날

한울타리 열려
한송뜰 됨 아는 날
한송뜰 한 허공 한 우주~

○ 잘 챙겨 갑시다. 모자란 듯함 아는 '내'
미소 열린.

시월 초하루
그렇게
시월의 문은 열리고
하얀 코스모스
길가에 피었습니다

하얀 옷에
하얀 코스모스가
가녀린 줄기에 앉아
흔들흔들 그네를 탑니다

가을햇살
따갑게 비춰 들어
빨갛게
익어 가는 살갗들

빨개지다 빨개지다
검게 그은 얼굴 하얀이
하얀 얼굴 하얀 옷 입어
우린 마음마저 하얄 겁니다

시월 문 열고 나온 날
차갑게
식은 공기가 말해 줍니다
시월이라고 가을도 익은……

가을도
익어 누런 들판에
허수아비 예쁜 옷 입고
가을 들판 뛰어 놉니다

참새 떼들
따라 다니느라
기진맥진 온 들판을……
가을이라 여문 계절
시월도 문 열고 나온 날!

O 잘 살펴 갑시다. 그렇다고 아는 '내'
미소 가을한.

썰물이 지나간 펄에는
구멍이 송송 뚫려 있습니다
숨구멍일까, 뽀글뽀글 물방울 잦아들고
잦아드는 듯싶더니 금세 뽀송해 지는 바닷길
한 발 한 발 걸음 옮겨 봅니다
저만치 부상암이 있기에
걸음걸음해 봅니다

걸음걸음 옮길 때마다
깜짝 놀란 작은 게들이
구멍 속으로 쏙쏙
참 민첩하게 쏙 들어 갑니다
삶이 저리 철저합니다
작은 몸뚱이 소멸될까봐
재빨리 숨어듭니다
송송 작은 구멍 속으로……

저렇듯 생명이 있는 모든 것
자기 몸이 저리 소중합니다
각자가 저리 소중한 몸이며

소중한 집입니다
내 예쁜 소중한 집들
무너지지 않게 관리하지만
언젠가는 무너지고 맙니다
무너질 때 집착 없이
소중한 마음 거둬 갈 수 있도록
나라고 아는 그 마음
그 마음 잘 다스려 관음 되는
그런 이번 생 됩시다

저 미물도 저리 몸 챙기는데
우리 사람도 몸 바르게 챙겨
만물의 영장 됩시다
옳고 바름에 내 인생길
함께 가는 인생길 우리 누리
누리 우리 늘 함께이기에
한송뜰(우주) 한가득 합니다
꽉 찬 한송뜰 우립니다

○ 잘 챙겨 갑시다. 머뭄 없는 길을 아는 '내'로
미소 시원스레

비가 쉬었다 오더니
여기서도 쉬어 갈 모양입니다
쉬지 말고 기우제 하는 곳으로
그냥 가도 될 것 같은데

비여
머물지 말고 가시옵소서
머문 바 없다 하겠지만
이틀 사흘 머물면
우린 한가위 달 어찌 보라고
보름달 밝게 밝아 오는데
비여
시월다운 맑고 푸른 하늘 되소서
밝은 달빛 중추절
그런 추석 되게 하소서

오늘 지나 내일 저녁 맑은 하늘로
팔월 한가위 맞게 하소서
팔월 한가위 달이 못마땅해
조금 일그러졌더라도

둥글게 맞이할 테니
비여
맑게 밝게 비춰 오소서

우리들 달님께 하소연할 수 있도록
비여
맑게 밝은 님으로 오소서
온화한 웃음 지으며 오소서
팔월 한가위 달님께
남 몰래 소원 속삭일 수 있게
맑은 하늘로 오소서
휘영청 밝은 달
휘영청 밝은 '내'---!
내일엔 맑음으로 오소서
꼬까옷 입은 아이들 재롱지도록
색동옷 사들고 오소서
여린 이 고운 물들이게……
팔월 한가위 모두여 행복하소서

O 잘 살펴 갑시다. 머물지 않음 아는 '내'
미소 한가위 ●

시끌시끌
북적북적, 씽씽
분주한 고향 길
정유년 팔월 한가위

옛 님들
"더도 말고 덜도 말고 팔월 한가위만 같아라"
하셨는데

팔월 한가위
둥근 보름달 밝게
들판에 누런 모두가
마당에 모여 든 한가위
모두가 모여 와 한 장 펼친
그런 팔월 한가위 잔치
잔치 잔치가 잔치 되도록
모두여 관세음 됩시다

옳고 바른 생각 관세음보살
바른 행동 보현보살

어둠 속 우치 벗어난 지장보살
우리 관음이 되고
우리 보현이 되고
우리 지장이 되고
우리 그런 아미타불 됩시다
정유년 팔월 한가위엔……

옳음에 관음
바른 행동 보현
우치 어둠 지옥 벗어난 지장
본래 청정 자리 아미타불
정유년엔 그런 한가위로……

둥글게 환이며
밝아 밝게 환이며
컴백의 환'인' 우리 됩시다

모두여 행복하소서!

⭕ 잘 살펴 갑시다. 우린 한 송이란 걸 아는 '내'
미소 둥글게.

2561. 10. 05. 목요일

널브러진
마음을 가다듬는 한가위
한가한 한가위이길 마음에
심어 봅니다
봄날에 꽃씨를 뿌렸는데
가을날엔
한가위라 한가히 위없는
씨앗 거둡니다

널브러져
정신 하나 없는 넋 나간 빈집
다시금 재정비에 들어가는 한가위
한가히 좌선 바위에 앉은 한가위 놀이
이내 깊이 스밉니다, 나인 내게!……

가없는
옛적부터 지금 이 순간까지
한가한 한가위는 수없이 지나갔지만
지금 '난' 기억조차 없는 옛길 더듬는다
기억한들 어쩌랴

이미 이미가 된 한가위인데

정유년 한가위도
이미 이미로 갔는데
좌선 바위 앉아
끄떡이는 꾸벅꾸벅
애꿎은 고개만 쉼 없네
널브러진 마음
주워 모음에 애꿎은 목만……

한가위
한가위라 한가한 위없음에
'난'
'내'를 본다
부질없는 '낸' 지남의 강에
'낸'
'내'를 본다
꾸벅이는 한가한 한가위 _!_

❍ 잘 챙겨 갑시다. 한가함 아는 '내'
미소 한가히

후드득
후드득 가을비가 내립니다
을씨년스럽다 해야 되는데
빗소리가 정겹게
가슴에 와 담깁니다

차갑다 해야 되는데
빗소리가 따스하게
가슴속에 밀려옵니다
옛 님이 그리워서일까
아님
열린 문에 창천(蒼天) 걸려서일까

다정한 님의 목소리로
삭막한 가슴 울려 담깁니다
가을비 스산하게 시릴 텐데
포근히 봄비로 담깁니다
고운 맘 고운 내 님에게!······

가을비 두둑여 내리는 길

사뿐히 가슴에 안겨 오니
창천을 가르는 기러기도
고운 님 소식에 끼룩여
젖은 날개 봄 담아 나는

가을비엔 봄 담겨
환희 밝혀 오시는 길
축하 축하
비 사이 오색빛 비춰
환환 환'인'이여……"!"

O 잘 살펴 갑시다. 빗길도 주단길처럼 아는 '내'로
미소 향기로운

꽃 볼 거라고
꽃피면 볼 거라고
지난 여름날 뽑을까 말까
망설이다 그냥 뒀는데
그 아이가 이렇게 피었네요

넘 고와
보기조차 아깝습니다
누가 볼까
몰래 숨겨 두고 싶네요
하얀
코스모스가 그렇네요

하얌이
살짝 연분홍 입히고
하얌을 버린
변종된 코스모스도
저리
고울 수가 없습니다

코스모스

가을 바람결에 피어

가을이

마음

더 애절하게 합니다

저리도록 에이게 합니다

가을비 내리는 날

바람결 따른

코스모스 보면서……

흔들림에 물들어 봅니다

!?영원한 '낸' 변함없는데?!

O 잘 챙겨 삽시다. 흔들림 아는 '내'
미소 여린.

그리움이
날개를 달고 한없이 납니다
햇빛이
따스해 조롱조롱 매달리던
봄날이 그리움 묻어 놓아
여름 지난
이 가을에 한없이 피어올라
파랗게
새파람으로 물듭니다

가을
파란 하늘에 적셔진
그리움은 시려하는데
그리움진 그리움은
봄날에 따스함을 몹시……

가을 찬 서리 맞아
파랗게 시려진 그리움
여름날
별들이 그려 넣은 열매인가

찬바람
속속 파고든
움츠려진 그리움이여
찬 서리에
서리서리 서림이어라

기러기
날갠 그리움 젖어
파랗게 채인 가을 창공
샛그리움 흰 겨울 날아
따스한 봄.(봄).갈무리

그리움
그리움 열맨?!.(봄).!?

O 잘 챙겨 갑시다. 그리움 아는 '내'
미소 내게.

시월 구일 한글날
한글을 만드신 이 신미대사여
한글을 제창해
펴신 님 세종대왕이시여

아름다운 이 한글
낱낱이 표현할 수 있는 한글
한글 아름다운 소리글을
만들어 주신 님 계셨기에
내 오늘 이 글을 쓴다

옛 님 신미대사여
님의 아름다운 마음이
오늘 내 마음을 전하는 말
오늘 내 말을 들을 수 있는 날
나를 표현하고
너를 알 수 있는 우리말 한글

우리 대한민국 언어 한글
내 마음을 전달할 수 있게

한글을 만들어 주신
신미대사여 감사하여이다
한글 우리 언어로 쓸 수 있게
펴 주신 님 세종대왕이시여
감사하여이다
옛 님이신 님들께 오늘에야
감사함 이렇게 전합니다

우리 한국의 얼 한글
우리 한국의 얼 강강술래
우린 한마음 한뜻
우리 아름다운 언어여
우리 님 신미대사여
우리 님 세종대왕이시여
오늘 한글날을 맞아 기원 하나니
우리말 한글이 지구촌
모두 함께 사용되어지이다

○ 잘 살펴 갑시다. 한글 아는 '내'
미소 옛 님께.

갈
가려고 갈하는
마무리하는 갈
갈 거둬들인 갈
빈 뜰에서 태어나
빈 뜰 메워 온 뜰 무리
따뜻한 햇살에
차가운 비 맞으며
뜨거운 작렬의 빛
모진 바람 맞으며
빈 뜰 그리 채워 온 날

갈 가려고
갈무리합니다
이는 잎새마저 갈 불러
속삭이는 갈무리 갈
갈대 갈 갈 갈무리
가을이기에 갈바람이
갈대 갈 춤춰 이는 갈대들
금빛 물결 숲에 숨어지는 해

석양길 석양빛 아미타불
가을 갈져 가는 갈
바람도 갈~~ 아미타불

갈 가려고 갈
가을하늘 황금 들녘
거두어 가는 갈
가을이라 숨어 숨긴 갈
꼭꼭 곳간 채운 갈
꼭꼭 씨망태에 숨는 갈
낸 내 님에 숨고
갈 뜰 갈 곳간에 숨는
갈 갈걷이 하는 갈!……
낸 걷이 하는 갈……"!"

○ 잘 살펴 갑시다. 채워진 뜰 갈무리함 아는 '내'를
미소 시월에

나나 너의 무문관(無門關)
한여름 잘 날아다닌 일평생
가을 찬바람에 나나 네가
동안거 무문관 들어 갔습니다

봄날 부스스 눈부신 깨어남에
분주히 오간 여름 평생 삶
가을 맞아 아무도 손 못 댈 바위 벼랑에
황토집 지어 바람 막은 무문관

내년 봄날 새롭게 깨어날 돌아올 길
가을 길속으로 돌아갔습니다
긴 겨울 속 봄날 꿈꾸며……

환골탈퇴, 환골탈퇴한 내년 봄
다름의 모습이 되어 천연자연 합류될 한 송이로!

늘 함께 하지만 늘 따로인 우리들
따로따로가 하나이고
함께는 따로가 모인 자연

따로가 홀로, 홀로가 따로인데
따로가 모여 하나하나가 하나인 따로
우린 그런 한 송이 '인'
우린 그런 한 송이 '뜰'

우린 그렇습니다
따로가 나나 너처럼 홀로를 잘 책임지면
우리인 우주가 잘 돕니다

우주가 잘 돌아 건강한
건강한 따로 건강한 따로들 하나인 우주
우린 그리 늘 합니다
가면 오고 오면 갑니다

동안거에 든 나나 너 보며
내 길 낸 잘 보며 갑니다
내 길 낸 잘 챙기며 갑니다
'낸' 그냥 잘 갑니다

○ 잘 살펴 갑시다. 아는 '내'
미소 늘 푸른 。

갑니다
마음이 날고 날아
미움에 돛을 달고
고움이 키를 메고

고운 정은 물살 가르고
미운 정은 바람 따른
애 설어 슬픔이 달럽니다
내 고향으로

하늘 삿대로 내 고향에
땅 짚은 노로 내 고향엘
님
내 님 계신 그 ―고향 "!"

"―"고향의 향기
나부끼는 햇살에 노
별 따른 돛대 밤배로
고향 하늘로 날아 납니다

지친 맘 푹 안기고파

지친 날개 고이 접고파

고파

고파서 서두른 고향 길

새워 새워 하얗게 새우며

그리 그리 갑니다

나무(본래)

아미타불(그 자리)로!

O 잘 살펴 갑시다. 내라고 아는 '내'
미소 _0_ .

비여!
쉬었다 오시구려
내 벗이 이사하는 날
비여! 그만 오소서 오더라도
오늘만큼은 좀 쉬었다 오시구려
내 벗의 맘 마를 수 있게

가시는 길 미끄럽지 않도록
코스모스 흔들리는 꽃길
살랑여 가시도록
비여! 오늘만큼은 쉬었다 오시구려
강 넘어 잠시 앉았다 오시구려

내 벗이 길 찾아 헤매지 않도록
비여 오늘만큼은 쉬시구려
강나루 저쪽 앉은 삼매로
눈 감고 꿈속 길 거니옵소서
그러다 잠깨면 그때 오소서
오늘은 내 친구가 잠자리 옮기는 날
비여! 오늘은 꿀잠 자다 오소서

혹여 잠에 취해
이틀 사흘 정신없더라도
내 벗 마음 길 편하게 하소서

가을날 기우제에 참석차 오신 님
비여! 오신 길 촉촉한 입술
가을비라 우산 없이
한 잎 한 잎 맞추는 잎맞춤
갈배추 무우 쑤우욱…… 통통

통통 자란 무, 배추 으쓱은
가을비 님의 소산
기다림에 한걸음 해주신
가을비 님의 소산이니
오늘의 기쁨 잊지 않을 테지만
비여!
오늘만은 좀 쿨쿨하다 오소서
내 친구 맘 뽀송뽀송하도록……

⭕ 잘 살펴 갑시다. 비 온 길 미끄럼 아는 '내'
미소 한 걸음.

후둑거리던 빗소리
제법 줄기차게 들려옵니다
가을비 내리는 처마 끝에 서서
개울 건너 비 사이로 앞산 봅니다

어느새 가을물이 울긋불긋
볼 화장한 새내기 같네요
갓 물들어 가는 길이라
싱그러움마저 칠했네요
물기 촉촉한 불긋
물기 촉촉한 울긋이
처마 끝을 울립니다

주룩주룩 비 하염없는 건
가는 정유년 가을 아쉬움에
가는 세월이 서러워 우는 듯
가을 처마 밑에 서서 주루룩 뚝
주름진 이마골 흐르는 빗물
세월의 골짝 스미는 빗물이
차디차 몸살 앓게 합니다

비 사이로 비치는 앞산이
울긋불긋 갈 화장하는 뜰에
우리들의 가슴에 핀 가을을
가을 가슴에 남긴 사연들
한가을 가득한 쓸쓸함이
빗물 되어 처마 끝 울립니다

가을 깊어 동해 바다로 쓸쓸히 걸어가는 빗소리
휘적휘적 울며 동동 동
검푸른 날에 연정이 추적추적 가을날 사랑 노래
바다로 밤바다로 귀환하는 소리여
고달픔 여며 가는 가을 소리여
엠이 저려진 검푸름이여

맑음이 되리라
맑음이 되어 오리라
해맑음이 되어 오리라
이 비가 멎으면 한 걸음에!

◯ 잘 챙겨 갑시다. 가을비 온다고 아는 '내'
미소 가을비 속에.

옷깃을 여미게 하는
서늘한 가을바람이
오곡을 거둬들입니다

가을바람
한창 갈걷이 바람은
잘 여물어 물기 없기를

이는 바람에
바람 바람 이야기는
잘 여물 수 있기만을

낸
이는 가을바람이 겨워
석양 결에 옷깃 여미는데
바람
옷깃 여밈 속이 알차도록
불어와 속삭여 익는 계절

올 가을

꼭 여미는 가을처럼

내도 여밀 수 있기를

여미는 날

내도 여밀 수 있기를……

◯ 잘 살펴 갑시다. 아는 '내' 로
미소 여밈에

가득한 가을을
흔들리는 잎새에서 본다
흔들리는 잎새엔
만생들 가을이
찬바람에 실려 어디론가
정처 없이 떠나는 쓸쓸

들판이 알참에
더 이상
못 견뎌 떨어진 이삭 거둠
퇴색 되는 가을날 페이지
산하가
거두어 간 쓸쓸함이란 알참

네가 뭐라 하든
내 길 오롯하니 걷는 저 들판
알곡 거둬 쓸쓸히 묻어 가는
가을날 회상인데
괜스레 메는 가을나절
바람마저도 쓸쓸히

쓸어 가는 산 가을 벌판엔
가없이 가는 길, 옴에 길

길 네가 있기에
오늘 난 걸어간다
말 없는 그 길을
정처 없는 그 길을……
나 홀로 하늘 길 그 길을!……

○ 잘 챙겨 갑시다. 옳은 길 바르게 아는 '내'
미소 흐름에

오랜만에 아침 그늘 잡고서
마주한 도솔봉은
물안개 자욱한 은실

개울물 소린 가을 담아서 나르는데
기러기가 나라고
날며 나 여기 있다고
안개 속을 노래합니다

아마도 내가 저를 모를까봐
뽀얀 안개로 끼룩끼룩
낸 내도 모르는데
저를 어찌 알랴
안개만 뿌열 뿐
가람 없고 뫼 없는데

실안개 날개 없이 날고
목탁 없는 암자엔 멍청한 앉음만이
안개 속에 묻히는데

똑딱똑딱
또르르 똑
목탁도 없는 절에
안개 또르르 똑
은빛 한 모금에
목탁 없는 절엔 똑똑똑

은빛 날개 도솔봉 나는 똑똑똑
한소리 은빛 아침 읊조린 기러기
안개여라
안개뿐이어라!

도솔봉 마주한
낸 어딜 날아가고
한송뜰 법당엔 좌복만 홀로 앉았네
꾸벅이는 안개 좌복 위 홀로 앉았네
'낸' 어디에~~?!

◐ 잘 살펴 갑시다. 꾸벅임 아는 '내'
미소 은빛.

너른 들판이 하나 둘씩 집으로 돌아갑니다
어젠 730번지가 집으로 돌아가고
오늘은 365번지가 돌아갈 준비를 합니다
너른 들판이 한 집 두 집 비워집니다
어젠 노란 집이 떠나가 비드니
오늘은 빨간 집이 떠나며 비우려 합니다

너른 들판이 가득하더니
한 집 두 집 비워지는 건
시월이 가기 때문입니다
세월이 가기 때문입니다
너도 가고 내도 가는 길
하나 둘 비워지는 들판

비워진 들판 하나 둘은 어디로 갔을까
730번지 살던 님 어디쯤 갔을까
365번지 살던 님은 어디쯤 갔으려나

너른 들판 휑하게 해놓고
빨간 집은 어디에 갔는지

너른 들판 잠잠히 해놓고
노란 집은 어디쯤 있으려나
아직도 노랗게 있는지
아직도 빨갛게 있으려는지

한세월일 것 같던 들판
비워져 가는 시월
늘 할 것 같던 들판이
하나 둘 떠나는 세월
가는 길은 어디메인지,
떠난 길은 어디메일까

가없는 들판 매양
떠나기만 하는지
순간의 이별이 너
찰나의 이별이 나
시월 들판 너 떠나니
세월 들판 나도 간다

◯ 잘 살펴서 갑시다. 무엇이 참인지 아는 '내'
미소 시월에.

하늘 문 열어젖힌 시월
10월 3일도 가고 10월 9일도 가고
시월은 아무렇지 않게 가고 있다
시월, 하늘 문 여니 닫히지 않고
닫으려니 열어 놓은 적 없네
태곳적에 연 바 없어 닫은 바도 없는데
시월은 하늘 열어 배경 깔은 태고가
어허라~~
어제가 태고요
오늘이 태고이고
내일이 태고라 하는데

태고라, 한 옛적 옛 님이
태고라 오늘날 내인가
태고라 내일 날 뉘런가
내리는 시월 빗소린
태고가로 토닥토닥 톡톡
고인 빗물에 톡톡
방울진 예 이은 오늘이여
내일 깃든 지금 태고런가

방울방울 그려내는 방울들
한 방울 내 집 짓고 둥둥
하늘 나는 천당이란 한송뜰
차가운 비 내리는 시월 열린 날
개천절, 시월 하늘 열림 기념하는 달

해마다 시월이면 열리는 하늘 문
해마다 시월에만 열리는 하늘인가
해마다 시월 지나도 닫히지 않는 하늘
하늘은 늘 그러한 성주괴공(成住壞空)?……
내만 부수고 짓는 성주괴공!……
내 하늘은 늘 그러하게 열리지도 닫히지도 않는데
내 시월은 늘 그러한 한결이라 하네!

정유년 시월도 문 열어 온 날에
낸! 태곳적 없는 태고에 서서
소리 없는 뜰 부르는 태고가
어허라~ 어~허~라!

◐ 잘 살펴 갑시다. 연 바 없는 하늘 아는 '내'
미소 개천한

먹구름 무창 하늘에 사는지
파란 하늘 뵈질 않습니다
먹구름이야 무창 하늘에
살든 말든 멀대 같은
하얀 기둥에 하얀 날개 달고
바람개비는 여전히 돕니다

파란 하늘이라도 하얗게
먹구름 사는 하늘이라도 하얗게
무창 바람개빈 그냥 하얗습니다
하얀 멀대로 쉭쉭 도는 길
빙 빙 빙 도는 물레방아처럼
바람개비 도는 한가을입니다

한가을 진 길 따른 물듦 날개
하나가 홀로 누워 있습니다
뚝 떨어진 날개인가 싶었는데
새 아이로 태어날 아이네요
크기도 엄청난 날개 하나가
바람개비 인연 기다리는데

가을비 추적여 내리는 추움

탄생의 고통도 이렇습니다

"태어나지 말지어다. 그것이 고통이다

죽지 말지어다. 그것이 고통이다"라고

한 옛날 원효 스님 말씀이

형형히 가슴을 적시는

가을비 내리는 무창골에!

O 잘 챙겨 갑시다. 그렇다고 아는 '내'

미소 그러하게.

까슬까슬 까슬 떨던 님들
구월 따라 아득한 미래로
발길 옮겨 가는 길이
시월도 하순에 접어듭니다

제아무리 까칠함의 극치
아상일지라도 익어 가는 계절엔
그 빳빳함이 고개 숙여
익어 가는 엄마 되어 갑니다

자연의 섭리가 이렇듯
내도 자연인지라 까칠이
빳빳함 절로 익어 가겠죠
내 아상 고개 빳빳함은
가을 서리 찬바람엔 숙여져
먼 길의 씨앗이 되고!

알알 밀알 먼 길의 씨앗!
새하얀 무우세계(無憂世界)에
갈무리 져 가는 시월 하순

한송뜰 자락에 한 송이들
새하얀 하늘 오색구름으로
피어 오르는 시월 하순 이날
찬 서리 찬 가을 맞아 갑니다
피움에 꽃이 익어 익음으로!

〇 잘 살펴 갑시다. 한 계절 아는 '내'
미소 가을에.

계절이 절기마다
제 이름합니다
가을 노을 온 산을 물들이다
남긴 붉음
이내 가슴까지 젖어 옵니다

자연의 산하들은
오색으로 물들어
퇴색되어 가지만
이내 가슴 붉음은
님 향한 한 물결만
고움으로 물듭니다

하늘하늘한 한 물결만
젖은 가슴 도려내는 울림에
긴 붉은 노을만
창 없는 창가 젖어 듭니다
가을날 노을은……

여리지 그 길목에서

저무는 가을날 노을
붉어지다 검은 밤에
먼 산 부엉이마저
붉어 가는 가을 소리

36아이들 소꿉놀이
해져 가는 들녘 휘어
고향 아스라이
옛 초가집 연기 눈가에
해 저무니 어서 오라하네

36성중 불 밝혀
해 저무니
어서 어서 오라하네!
'돌'

○ 잘 살펴 갑시다. 가을이라고 아는 '내'
미소 해 여울

죽비 소리 !딱 !딱 !딱
저녁 이경이면 어김없다
누가 오든 말든 딱! 딱! 딱!
무엇 때문일까
저 죽비 울음은?……
왜? 누구를 위한 울음인가?

저 멀리 아스라이 사뿐 오시는 님
이~ 뭣고?……
아~ 옛 님 내 님일세 그려!……

죽비 소리 딱? 딱? 딱?
저녁 이경이면 어김없이
본연의 울림이 딱! 딱? 딱!
한세월 ?"!"일~까
저 죽비는 왜 울까?
잠은 깊어 깜깜한데
왜? 저 죽비 저리 울까?

밤하늘엔 밤 기러기 울며 지나가고

한송굴 죽비 울고 간 자리엔
한송뜰 본연 길 비춰 오네
이~ 뭣고?!……
아~ 옛 본연일세 그려!

죽비 소리 딱 딱 딱
저녁 삼경 바라보는 소리
뉘라서 들을 손가
귀 없어도 못 듣고
귀 있다고 들을 손가
본연의 죽비 소리여
소리 없는 소린
딱~? 딱~! 딱~?
삼육성중 부르고 108성중 부르네
1250인들 어쩌랴……
8400가지 열매만 딱!

본연의 소리만 딱~!

⭘ 잘 살펴 갑시다. 죽비 소리 아는 '내'
미소 딱.

별빛이
길을 가르쳐 줘서
그 길 따라 왔습니다
갈 때는
환한 대낮이었는데
어둠이
내려 길을 묻어 버리니
어디가
어딘지 분간 못한 어림 길
밤하늘
보석들이 보여 줍니다
이리
오라고 깜박 깜박이며

그냥 별 따릅니다
아무 생각도 없이
어디로 갈지도 모르고
별
향한 흐름만 그저
밝은

대낮엔 훤한 길이
어둠이
깊이 묻어 놔 깜깜한 길
별
빛에 그냥 갑니다

그냥
발길 따라
별빛 따라
다다라 이른 곳
떠난 자리 그 아침에
다다라 이른 곳
어둠 지난 밝은 그 아침에
다다라
이르른 곳
떠난 그 자리에!

'홀로 길엔 늘 우리들이'

○ 잘 챙겨 갑시다. 돌아온 그 자리 아는 '내'
미소 그 자리에

말없이
한 송이 꽃을 들어 보이시고
말없이
미소만 짓던 일들이
가없는 세월 속을
맑게 맑혀 오고
어둠을 밝혀 갑니다

세계일화(世界一花)
세계는 한 송이 꽃이라
일러 주시며
세월을 돌아오시는 발길

세계는 한 송이 꽃
달마 대사님도
한 송이 꽃에
잎은 다섯이라 말씀하셨고
만공 스님도
세계는 일화라 하셨다

하나 하나가 이룬 이 세상
너와 내가 이뤄 가는 이 세상
네가 아름다움 만들고
내가 평화롭게 만드는
너와 내가 함께인 세상

내가 너를 존중하고
네가 나를 존경해 줄 때
세상 맑고 평화로운 세상
나를 아끼며 사랑하듯
남도 아끼며 사랑하자
우린 이미 하나니까
그리 살며 살다 가자

O 잘 살펴 갑시다. 소소영영함 아는 '내'
미소 향기로운

평화롭고 아름다운 세상
그런 세상에 가고 싶다
가고 싶다고 얘기하는 건
그런 세상이 있다는 얘기다

하지만 그런 세상은 없다
그런 세상 내가 만들어 갈 뿐
그런 세상이 있는 것 아니다
우린 어우러진 하나라는 것

작은 하나하나가 모여
이루어진 커다란 세계
삼천대천 세계라는 것 알아
서로 다툼이 없이 사는 것
평화롭게 아름다운 세상
우리가 만드는 것

천당과 극락과 지옥이
따로 있는 것이 아니다
내가 내 마음 잘 다스려

내 일부분인 남들과
다툼 없이 평화롭게 사는 것
너와 내가 하나라는 것 알면
우린 아름답고
평화로운 세상 이룰 것이다

우리 그리 삽시다, '우리로'

O 잘 챙겨 갑시다. 돌고 도는 세상 아는 '내'
미소 우리로.

각도
이래도 저래도 늘 지대로
각도라 가능합니다

이리저리 오가는 사람들
왔다갔다 갈팡질팡 마음들
척도라 그렇습니다

각도
도의 길 험하고 멀다 하지만
각(覺)이면 도(道) 아름답습니다

척도
도의 길 험하고 먼 길 그런 척
척하면 도 괴로운 길 됩니다

각
깨어 있어 늘 환합니다

척

그런 척 어둡고 험한 길입니다

잘 가자
비록 헤맬지라도
늘 깨어 있는 맘으로!

늘 사랑합니다
우리 모두를 늘 한 님이 늘

⭕ 잘 챙겨 갑시다. 척과 각 아는 '내'
미소 그러한.

스산하니 찬바람에
우수수 떨어지는 낙엽
길 위에 떨어져선
이내 뒹굴고
낸 그 길 걷습니다

길
걸음에 차이는 낙엽
길
걸음에 밟히는 낙엽
걸음에
짓밟혀 부서진 낙엽
걸음에
짓밟혀 부서진 내

떨어진
낙엽 밟음이 낭만인가
떨어진
낙엽 밟음이 아픔인가
부질없는 넋두리

그럴 뿐인걸!……

하늘은 텅텅 비고
땅은 꼭꼭 숨기는 건
자연의 섭리
 '참'?!
사람의 섭리

아~ 가을
가을이라 이름한 날
쓸쓸히 묻혀 가는 뒷날

O 잘 살펴 갑시다. 이러함에 여림 아는 '내'
미소 눈에.

쉼 없이 매일을 걸었습니다
걸음에
어디 좋은 날만 있었겠습니까
걸음에
어디 나쁜 일만 있었겠습니까

좋은 일 나쁜 것 이 모두도
내 스스로가 지은 일들인데
맞이하는 내 마음에 흔적을
어찌 만드느냐에 열매는
현저하게 차이 납니다

내게 오는 일들을 맞이할 때
옳고 바른 관세음보살이
스스로가 되어야 합니다
낸 옳고 바른 이라고 부드럽게
내인 내게 속삭여 줍니다

옳음에 길 갈 수 있도록
내 육신 내 마음은 내가

내 스스로가 다스립니다
내 행복을 위해
모두의 행복을 위해서······

우린 합체인 우주인
우린 한마음인 우주인
우리 스스로가 한 우주이며
세계의 중심 꽃자리입니다
낸 내 꽃자리 잘 단속합니다

순간의 쉼도 없는 내 길
쉬면 다름으로 이어지는 길
쉼이란 내란 생각 내려놓는 것
그리 쉼 없이 매일을 우린
살아갑니다

○ 모두여 행복 만듭시다. 잘 살펴서 내 길 갑시다
미소 쉼 없음에 ₀

안이비설신의(眼耳鼻舌身意)를 말하다
잠시 다른 꽃을 길렀습니다
다른 세계는 다름 아닌
안이비설신의 세계를 담은 이야기들입니다
안이비설신의를 벗어나서는
아무 이야기할 게 없습니다
그럴 뿐입니다

안이비설신
오관을 통한 오식을 지나
육식인 의식에 듭니다
오감을 통한 의식인 육식
육(의)식 육근이 뿌리라 합니다
우린 오감을 통해서
보고, 듣고, 냄새 맡고, 맛보고
느낌을 받아들여 받아들임을
작용으로 표출해 냅니다
받아들임에 있어서도
옳고 바르게 받아들이면
성인의 경지 수다함과에 이르렀다 하겠지만

우린 오감 육식을 자기 업식 따라
천차만별로 받아들이고 활용해 씁니다
업식을 받고 또 만듭니다
자기 생각대로…… 의식입니다

그 의식을 찾아봅시다
눈 세계도 찾을 수 없었고
귀 세계도 찾을 수 없었으며
코 세계도 찾을 수 없었습니다
혀(입) 세계도 그러했고
몸 세계도 역시 그러했습니다
오근오식 찾아도 없었듯이
의(생각) 세계도 그와 같습니다

쪼개고 쪼개도 없는 '의식'
생각의 세계가 그러한데
생각을 일으킨 육(의)식 어디에 있다할까?
생각을 고요에 머물며
맘 구석 몸 구석을 샅샅이 뒤져 보자……
하지만!……

생각(의) 세계 찾아도 없었으나
요 생각 조 생각 잘도 합니다
자기 이익만 추구합니다
내 한 조각인 인(남)은
안중에도 없이 아(나)만
자기 욕심만 채웁니다
업식만 내일 날 씨앗으로
내일 날 내게 올 인과 만듭니다

'의' 세계 찾아도 없었으나
이리 소소영영합니다
이리 소소영영하나
맑고 맑은 신령함은
안이비설신의 여읜 그 자리
그렇다고 아는 그 자리……" "

그 자리엔 자비와 사랑이!……

○ 잘 살펴 갑시다. 생각 세계 아는 '내'
미소.

퇴색된 붉음이 귀엣말
낸 이리 가지만
님께선 어이 가리
낸 이리 늙은 붉은 울림
님께선 어떤 울림인지?

낸 이리 감춰 가는데
님은 어이 가리
낸 내 잎새 거둠이
님의 잎샌 어떠신지
낸 낙엽된 오열인데
님의 오열은……

붉어 가는 가을날 떨어진 잎새 보며
내 발길 흘깃 봅니다
떨어진 내 발길 내딛는 내 발길을
붉음이 낙엽 됨을
'돌'

○ 잘 챙겨 갑시다. 낙엽 같은 내 아는 '내'
미소 단풍에

가을이 농익어 가는 날
노란 은행잎이
내 마음에 날아듭니다
노란 생강나무도
한마음 품어 내는 한낮
찬바람이
소슬히 일어 가네요

먼발치 붕나무 붉은 잎엔
가는 미소가 햇살 속 숨쉬고
푸른 솔잎 노르스름 익는 만추
저 숲들 저리 살펴 가는데
내 숲엔 찬바람이 속속들이

가을이 이리 푹 익어
계절 속으로 스며드는 날
낸 내 계절에 묻혀 가는 삶
찬바람 갈
어서어서 서두릅니다

가을은 저 멀리
멀어져 가는 단풍 짐
붉게 떨어지는
노란 안녕이여
석양 노을 갈대 은빛 재운

오는 날에 찬찬함이라
하얀 날 상고대 은설꽃 속
저 멀리 멀어져만 가는 날
농익어 샛노란 은행잎
홀 피워 나리
저 먼 곳 그곳 심연에!……

O 잘 살펴 갑시다. 가을 농익음 아는 '내'
미소 노란.

익는 가을 평해뜰
익은 가을 월송뜰
평해뜰 벌판은
뉘엿뉘엿 집으로 가고
월송 벌판은
거뭇거뭇 땅거미 지는

가을 진
고향 뒷뜰 언덕
손 가림에 기다림은
고향 어귀 바라보는 애상
고향 가을 앞 냇가 기다림
골목 어귀 모퉁이 앉은 망향

늘 한 그리움은
내 어릴 적 엄마 품속
늘 한 애달픔은
내 아이들 소꿉놀이
가을 길 돌아 빨갛게 갑니다
오는 겨울 길에 노랗게 갑니다

고향 하늘
공허하게 파란 시림에 울고
고향 땅
이는 바람 흘러들어
헐헐한 이 마음 어느새
골 파여 가는 면면이여

물빛은 가을 담가 노랗게
물빛에 잠긴 소리 단풍 진
여며 가는 긴 고름이
맺어 묶는 겨울 길
길이라 길 걷습니다
고향 길!……

○ 잘 챙겨 갑시다. 가을날에 허상 아는 '내'
미소 허허로운

심우도
마음을 찾아가는 길

첫 걸음은 :
멍멍하게 뵈질 않아 오리무중
두 걸음엔 :
뚜벅인 발자국 발견하네
세 번짼 :
발자국 따라가니 꼬리가 보이고
네 번짼 :
꼬리 지나 소 잔등 보이네
다섯 번짼 :
어엿한 소 한 마리 찾았습니다
여섯 번짼 :
사나움에 코뚜레 꿰고 고삐 매어
일곱 번짼 :
그 사나움 길들여져 가는 소
여덟 번짼 :
길들여져 맑고 밝음에 하얀 소
아홉 번짼 :

흰 소 등에 올라 고향집에 이르네
열 번짼:
고향집에 고요히 앉은 둥긂
둥글어 평화로운 본래 님과 해후

심우도
마음 길 고향 집 솔솔한 연기
그렇구려, 그려!……
심우도 나그네
심우도 여리지 길
심히 그렇구려, 환!

◯ 잘 챙겨서 여리지에
미소 입가에

어디서 시작되었는지
어디까지 가야 다 가는 건지
어디쯤 머물고 있는지
머묾은 정녕 머묾인지
길 가운데 서서 묻는다

대답할 이 없고
대답할 자 없는데
우리 갈 곳 어디멘고
어디서 어디로 가야 할까
그냥 갈 뿐이라 말하기엔
너무도 막막해
가슴이 저며 온다……'돌'

가을 해는 서산 향하는데
향한 서산은 그 어디인가
서산 어딘지 가늠키 어려워
눈 지그시 감고
연기 내음에 길 걷는다
달마는 동쪽으로 왔으니

낸 서쪽으로 가련다

동녘에 물들면
서녘에 지려니
지는 꽃 따라 흐르련다
꽃잎 떨어진 가을 강
여밈이 뚝뚝
한강 흐르매 바다는 서해
달빛 여울 쏟아 내니
검은 밤 둥글어 달
달!
월광보살마하살!⋯⋯ '훔'

◯ 잘 살펴 갑시다. 가을이라 아는 '내'
미소 달빛에

곱게 물듦이 하나 둘
본래 제 자리로 돌아갑니다
아기자기 재잘재잘 봄소풍
푸릇푸릇 키 재던 여름 길이
곱게 물들어 갑니다
본 고향 그곳 제 곳에 담깁니다

잠재해 어느 날 돌아옴에 길
그날도 여전히 재잘재잘 아기로
한 송이 들이 되어 가겠죠
지금처럼 한 치 오차 없이
돌고 돌겠죠
어제가 오늘이 되듯이
내일 또한 오늘로 옵니다
오늘이 내일 됨은 철칙입니다

수처작주(隨處作主)란 말
내가 지어 내가 받는다는 말씀
다시 새기고 새겨서 올곧음에
'내'들로 우리 세상

우리가 만들어 갑시다
언젠간 사라져 본래 고향 갈 몸
환지본처로 향할 맘
잘 갈무리해 가는 우리들로
아름다운 세상 만듭시다
우리가 다시 올 이 세상입니다

그런 세상
우리가 잘 다듬어 살아갑시다
내 집 내가 관리 잘해야 하듯이
아름다운 세상
내부터 보존 관리 잘하여
함께 손잡고 잘 삽시다
함께 어우러진 세상이니까

◯ 잘 살펴 갑시다. 욕심 여읜 내 아는 '내'로
미소 밝게.

며칠을 이 길 걷습니다
가로수 벚나무가 서 있네요
어느 누구도 반기거나
싫어하지 않습니다

그냥 제 본분사(本分事) 합니다
비가 오면 비를 맞으며
바람 불면 바람 맞으며
눈이 오면 눈을 맞으며
거부하지도 않습니다

쌩쌩 달리는 차들도
네 발로 뛰놀다 서야 하는
강아지 고양이들도
미워하거나 싫어하지 않습니다
그냥 그리 제 본분사만!……

봄이 오니 꽃을 피우고
여름 오니 까맣게 버찌 만들어
바람결에 떨굽니다

버찌 아이들 보내고 맞은 가을
노랗게 붉게 물듭니다, 이파리

가슴 설레어 피어난 벚꽃들
까맣게 익어 떨어져 간 버찌들
붉게 물든 이파리 만추가
떨어져 거리를 메웁니다
벚나무 키운 떼 잎들이
나뒹굴어 가슴이 싸합니다
바람이 가슴속 메게 합니다
훅~······ '훔'!······

◯ 잘 챙겨 갑시다. 사계에 물들지 않음 아는 '내'
미소 가을한.

새벽하늘
샛별 동녘 산 넘느라
눈 저리
초롱초롱 빛이 되었는지
별들 왕이 되어 우뚝한 님

동녘 하늘 샛별이 오면
서녘 하늘 넘는 잔별님
쿨쿨 잠자러 가는 길일까
서쪽 잠재우러 가는 길일까

동녘 밝아 오는 아침이면
샛별 잔별 따라 서쪽으로
샛별 동쪽 깨운 환
샛별 서쪽 하늘 환

동쪽 밝히는 샛별이 오고
까맣게 태우는 금성 뜨는
서쪽 붉은 노을엔 낙조가
동쪽 붉은 여명은 아침놀

우리들 별은

저리 돌아가고

저리 돌아옵니다

헤어짐엔 만남의 약속이

만남엔 헤어짐의 약속이

우린 늘 만들고 부수는

우린 늘 부수며 만드는

끝없는 길에 별

광대무변한 우린 샛별!

⭕ 잘 살펴 삽시다. 오늘은 내일에 씨앗입니다. 소소영영 아는 '내'를 미소 그러하게.

제법 쌀쌀한 날
깍둑깍둑 깍둑썰기
도광이 유기농으로 기른
매끈한 무를 가져왔기에
우리 고운 선화가 동치미 담고
깍두기 담습니다

묘각도 썰고, 진여도 썰고
선묵도 깍둑썹니다
해마다 선화표 동치미 일품 일미입니다

썰어 놓은 무로 담는 깍두기
다시마 육수 내고
생강 찧어 넣고
흰콩 삶아 갈아 넣고
고춧가루 육수에 불려서
깍둑썬 무에 버무립니다

빨갛게 양념물이 듭니다
맛보기 참 괜찮은 맛

칼칼한 맛이 동치미를
뒤에 오라 합니다
따끈한 밥에 방금 버무린
깍두기 올려서 맛있게
이른 겨울을 먹었습니다

겨울 김장 중 한 가지 깍두기
동치미, 달랑무 담근 날
선화, 선묵, 진여, 도광, 묘각과
무, 콩, 다시마, 고춧가루, 물
생강, 소금, 바람 등등 넣어
버무린 얽힘의 인연 김치!
감사한 겨울이 내게 온 날!!

김치처럼 어우러진 우린 하나!
인연 지어진 모두여 고맙습니다

⭕ 잘 챙겨 갑시다. 감사함 아는 '내'
미소 감사한

바람이 몹시 붑니다
낮잠 자는 게으름뱅이
심술궂게 깨우려는 회오리 바람 풍속
온 산천을 뒤 흔듭니다

가을 먼 길 보내려고 휘익~
겨울 맞이하려 온 산천을 청소합니다
골짝 물 홀 적셔 물고
훅 뿜어 낙엽 고릅니다

할 일 없어 낮잠 자는 중 잠 깨어 창밖 보니
하늘 나는 기러기 떼처럼
줄지어 날고 있습니다
낙엽들 하늘 날아 한 허공 합니다

날던 새는 어디로 가고
바람만 세차게 붑니다
바람만……

○ 잘 챙겨 갑시다. 바람 부는 것 아는 '내'
미소 향기롭게.

파릿한 별 하나가 울고 있었다
콕 박힌 채

힘없이 울던 날
내도 따라 울고
울며 검은 길 밤길 떠났다
어딘지, 어디로 가는지 모르고……

밤은 깊어 으슥한데
우는 별이 가슴에 맺혀 버려
긴 길 그렇게 떠났다

어둠을 지새운 긴 길을
날 샐 무렵에 돌아온다
별 하나 울음 멎고 간다

잘 가라, 우리 아기—
별!……

⭕ 잘 살펴 갑시다. 지나옴 아는 '내'
미소 천진한

우리가 살고 있는 밑바닥
큰 돌들이 싸웠나 봅니다
지각판이 움직여 부딪히니
위에 얹혀사는 힘없는 우리들
흔들림에 아수라장이 되었습니다

좀 작게 싸우지 위에 아이들
놀라지 않게
그리 크게 부딪치면 위에 사는
아이들 어쩌라고
놀란 토끼처럼 두 귀는 쫑긋
빨개진 두 눈은 휘둥그레
놀란 두 다리 후들후들
가슴은 또 얼마나 뛰었을라나……

우리들이 사는 집
헝클어뜨린 살림살이들
지각판이 움직여 부딪히니
우린 힘없는 사람들
자연 재해엔 내 자연도

재해가 되어 버립니다

놀랐더라도 놀라지 않게
아는 그 자리 잘 챙깁시다
아는 그 자리에 지진은?……
아는 그 자리에 부동함이
부동한 자리 부처라 하네

○ 잘 챙겨 갑시다. 늘 한 그 자리 아는 '내'
미소 흔들림에

지나간
일 때문에 괴로워 말고
아직 오지 않은
일 때문에 근심하지 말자
지금 여기
현실에 충실하자

충실하지 않더라도
매이지는 말자
매여 숨 막혀 살지는 말자
이래도 저래도
어차피 살아가는데

세월이야
어찌 붙잡을 수 있겠는가?
붙잡아도
붙잡히지 않는 세월 아닌가?
세월 그냥 그리 가는데
괴로움은 고민은 내 스스로가
그렇다는 생각에 머물기 때문

괴로운 일일지라도

무엇이 이리 괴로울까

조용히 한 번 생각해 보자

무엇이 괴로운지를?……

세상은 그저 돌아가는데!……

O 잘 살펴 갑시다. 소소영영 아는 '내'
미소 늘 한.

공연히 오가는 걸음짓
걸음 속에 피어나는 향기가
만추의 한가을을 지납니다

누군가와 함께함에
감사함이 떨어져 쌓인 낙엽처럼
마음 켜켜이 쌓여 심울이 됩니다

모두의 행복을 염원하며
걷는 길에 감사함이 젖어든 날
땅거미 내린 길을 밟아 옵니다

떠났던 그 자리에
그리 돌아 왔습니다
함께 사는 세상 따스함 안고

마음속 깊이 울린 감사함
너와집 지붕 위에 그믐달도
휘영청 불지촌(佛地村) 굽어 봅니다

낸 내 길에서 너를 보는데
넌 네 길에서 나를 보는지
한 칸 너와집 지붕엔 빈 달만

둥그런 이야기 오솔길 걷고
도랑물 또랑또랑 갈잎 띄운
한가을 날 여로 존중입니다

⭕ 잘 살펴 갑시다. 가쁜 숨 잠시 쉬며 아는 '내'를
미소 하얀 바람.

법구경 한 말씀

저속한 이를 따르지 말라
나도 그와 같이 물들기 때문

이로운 이를 따르라
나도 그와 같이 물들기 때문

님들이여
우리의 세상은 우리들 세상
내 것도 남의 것도 아닌
우리인 우리들 세상

그냥 자연인 자신에게
그냥 부처인 자신에게
그냥 내 아는 '내'만
집중하여 바로 살아가자

고민은 고민을 낳을 뿐
고민으론 해결되지 않는다

스스로 해쳐 나갈 뿐

내게 온 일들은 내가 만든 것
아픔이 오더라도
본래 아프지 않았으니
왔으면 환지본처 관세음보살!

님들이여
우리 완벽한 님들이시여
우리 그리 살자
고민은 해결되지 않는 업
순리대로 마음 모아 살아가자
우리 그리 살자
내 본래인 관세음보살로

늘 사랑(존중)합니다

○ 잘 살펴 갑시다. 하늘이 나란 걸 아는 '내'
미소 하나인.

까만 밤을
유난히 좋아했던 시절
까매서 아주 까매서
반짝이는 별들을 볼 수 있어
그리 좋아했던 그 시절엔
그리움은 은하수로 흘러 내려와
소양강이 되었고

소양강 달빛 강나루엔
한줄기 수수가 익은
아주 시린 날 가을 잎새
한 잎새가 날리어 가슴을
헤집고 지나간 길엔

저 멀리 물길에 젖어 오는 통통배
밤빛에 어린 그리움
통통인 소리에 그리움은
하늘 날아 저 멀리__!

○ 잘 살펴 갑시다. 예 이은 오늘 아는 '내'
미소 추억.

늘 건강하소서
남도 내와 같은 한 자연
우리 다 같은 자연의 일부분
서로 돕고 이해하며 삽시다

자연이 부서진 상처에 울고
그 위에 뿌리박고 살던 우리들도 아파 우는
그 마음들 위로케 하소서
모두가 빨리 치유되시길
두 손 모아 기원합니다

자연 부서진
상처가 빨리 회복되길
마음 모아 기원합니다
안정된 삶 빨리 회복되길
마음 기우려 기도합니다

나무관세음보살

○ 잘 살펴 갑시다. 우린 한마음 한 몸이란 걸 아는 '내'
모두여 행복하소서

길 나서 봅니다
춥습니다
파고드는 바람이
움츠러들게 합니다
겨울로 접어든 길이라고
길섶 친구들이 얘기합니다

가랑잎도 가랑가랑
바람 길 재촉합니다
가랑가랑 날려 다니며
제 몸 부숩니다
흙이 되려고……

가랑잎은 그저 날릴 뿐
매장도 화장도 안 합니다
그냥 떨어져 가랑거려 갈 뿐
아무런 생각 없습니다

한 알의 흙이 되고
한얼의 바탕이 되어 갑니다

내가 되고 네가 되어
흙으로 가랑여 갑니다
겨울 길 그리 접어듭니다

붉은 길이
노란 길이
파랗게 하늘이 되니
파란 가을 하늘이
겨울 길을
첫눈 맞으며 걸어갑니다

허공 길
한 점 된 텅!……?…… '빔'

○ 잘 살펴 갑시다. 헛틈도 완벽도 아는 '내'
미소 ○ ○

모두여 행복하소서

오늘 수능시험 잘 치르시어
원하는 대학 꼭 입학하소서
님들의 세상
맑고 밝게 아름답게 만드소서

꼭 그런 날 올 때까지
옳고 바름인 내 관세음에 의지하소서
내게 의지하소서
내게 빽 쓰소서
나인 내 빽이 제일 잘 통합니다
자기에게 의지하소서

모두여 완벽한 님들이여
님인 님의 빽이 제일입니다
최곱니다
그런 님들 행복하소서

○ 잘 챙겨 갑시다. 소소영영함 아는 '내'
미소 내 님에.

널브러진 마음
차근히 간추려 보자
늘 고요했으면 좋으련만
늘 들끓는 마음
끓다 끓다 죽이 된다
몸이, 맘이 곤죽이 된다

늘 고요했으면 좋으련만
늘 고요인데 늘 고요 모르는 내 무지
무지에서 모든 건 비롯된다
무지란 어둠 같은 것
어둠에서 벗어나 보자

널브러지고 복작이는 마음, 괴롭고 힘든 마음
그렇게 자기 관세음보살께
그렇게 자기 아미타불께
본래 자기로 돌아가자
평화롭고 안위롭게……

⚫ 잘 살펴 갑시다. 내게 주어짐 아는 '내'
미소 내게

찬바람이
쓸쓸히 걸어옵니다
저들의 계절이라
걸음짓엔 한 잎 두 잎
떨어지는 낙엽 앞세우고

갈무리 된 들판 넘어
휭하니 몰아들어 섭니다
만추라 계절의 익음 길을
누가 뭐랄 것도 없음인 길을
차갑게 식혀 걷습니다

허허로운 들판에
하얀 두루미 떼가
이삭줍기에 나섭니다
고고한 몸짓으로
한 알 한 알 입에 담습니다

만추의 가을
두루미 하얀 갈무리

비어진 뜰에 갈무린
이삭줍깁니다
고고한 모습 하얀 이

한가히 그저 한가한
찬바람 일어 쓸쓸해진 맘
하얀 두루미 길게 늘인 목에
겨울 걸어 놓은 한 발
느림의 아름다움 학입니다

저문 들판 외발로 선
한가득했던 가을
한 이삭 담은 가을
겨울 길에 그리 갑니다
홀로……(!)

⭕ 잘 살펴 갑시다. 두루미라 확실히 아는 '내'
미소 맑은.

소설이란 절기
그냥 지나칠 것 같았는데
첫눈 소설이 내렸다
폴폴 날리더니
희끗하게 쌓였다

흰 눈
눈은 왜 하얄까?
하얗게 내려
내 맘 하얗게 만들려고?⋯⋯
하얀 세상 만들고 싶어서일까?

하얗게 폴폴 날리다
떨어져 쌓임은 하얗다
온 세상 하얗게 덮어 버렸다
내 맘 금세 하얌이 되어
벌판을 뒹군다
하얀 눈이 된다, 눈사람!⋯⋯

눈 하얌

내는 하얗다 아는데
눈 지는 하얀지 모른다
그냥 _____?!
눈이라는 이름 붙여 줌도
모를 게다
그냥 _____?!
모를 뿐도 아닌 _____?!
맘 길 _____?!

⭕ 잘 살펴 가자. 그냥 그렇다고 아는 '내'
미소 참.

겨우살이 한창입니다
언제까지고 지속될……?지……
우리네 문화유산 김치담기!

집집마다 김장을 담그지는 않지만
걱정은 합니다
하루에 한 쪽이라도 먹어야 되고
냄새라도 맡아야 되는 김치

김치 맛은 뭐니 뭐니 해도
엄마표입니다
내 첫 입맛이
엄마의 손맛에 길들어서겠죠
첫맛의 힘 그런 겁니다

내 이 세상 올 때도
엄마와 첫 만남이고
이 세상 첫 의지처였죠
엄마 품 분가할 때까지……
그런 엄마 맘맛 손맛 최곱니다

한국 김치 단연 독보적
엄마표 김치 단연 독보적
엄마의 정 단연 독보적
역사 이음엔 엄마표 동아줄
집집마다 엄마 손맛 으뜸
집집마다 엄마 맘맛 으뜸

겨울을 담그는 날이
김치 담그는 날이요
김치 담그는 날이
한국의 얼 담그는 날
한민족 맛, 우리의 얼 담그는 날! 김장

봄 맞으러 가는 초길엔
김장 고개 넘어야 얼음장 밑 움틈 머금습니다
김장 넘어 꽃피는 봄날이 기다립니다
해맞이 뒷길에서……

⭕ 잘 살펴 갑시다. 우리의 얼 김치 아는 '내'
미소 김치 ˙

우리는 늘 이러하다
내겐 늘 보고 있는 놈
내겐 늘 듣고 있는 놈
내겐 늘 생각 하는 놈
늘 쉼 없이 움직이는 놈
알 수 없는 그 무엇이
이러히 움직거리게 한다
한시도 쉼 없는 '놈'

내가 잠을 자도
늘 이러히 보고 있다
늘 이러히 듣고 있다
늘 이러히 생각하고 있다
늘 쉼 없이 돌아간다

내가 자는 동안에도
세상은 돈다
세상은 움직인다
끊임없이 이는 파도처럼

한순간도 용납 없이 이는 바다 물결
살아 있음을 그린다
살아 있기에 일렁인다
내가 늘 이러하기에……

피곤해 잠을 자도
잠을 자지 않는 낸
움직인다
쉼 없이 돌아간다, 돈다!

O 잘 챙겨 갑시다. 돌아오는 그 자리 아는 '내'
미소 돌아옴.

아침 길
서리가 먼저 왔습니다
이내 찬바람이 따릅니다
내도 산책길 나섭니다
춥습니다
속살 그대로 들어낸 볼
빨갛게 물듦은 얼어섭니다
몰아쉬는 숨길
서려 나옵니다, 하얀 입김

예전엔 몹시 추워
추녀는 겨울 주렁주렁
고드름도 매달고 꽁꽁
냇가엔 얼음 어니
팽이 돌리고 연 날리고
얼음치기에 귓불도
볼따구니도 빨갛게 얼고
코는 질질 훌쩍훌쩍……
발가락은 감각 없이 얼음
손가락은 곱아 말이 울고

옛적엔 그랬는데!……

허이~!
오늘에 꿰인 예 본다
추녀 끝에 달린 지금
주렁주렁 달려 자란 고드름
꺼꾸리 오늘에 본다 큼을
허이~ 허이!
추녀 끝 풍경은…… '!'

○ 잘 살펴 갑시다. 그러한 시절 아는 '내'
미소 훔

그냥 김치만 먹습니다
반찬은 깍은 생무
김치 한 숟갈
무 서려 얹어 먹습니다

맛은 김장 김치 맛
김장 맛이 일품입니다
우리 정희 김장 금칩니다
김치 맛이 감칩니다

참선 끝나고 금강경 먹고
시우가 가져온
김장 김치에 컵라면 일품
김치의 깊은 맛이 으뜸

평해뜰에서 자란 배추라
간이 딱 맞습니다
해풍 비바람에 생사고락해
간이 딱 맞습니다

역시 김장이라
깊은 맛이 단연 최고
아름다운 사람이 버무려
깊은 맛에 향기가 돕니다

아름다움이 스며 절여지고
아름다움이 배여 깊습니다
아름다움이 모여 김치 되고
김치 먹어 한층 아름다워진
'내'
집이 추위에 단디 해집니다

옳은 이 시
그런 이 만난 우
우린 시우 된 날

김치 먹은 날
사랑합니다 '시우'!

⭕ 잘 살펴 갑시다. 한가득함 아는 '내'
미소 어우러짐.

2장

불기 2561년 ~ 2562년 ● 겨울

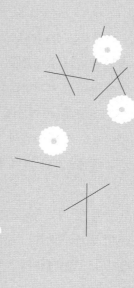

온 세상 고요한데
어디선가 미소
소리 없는 소리
고요히 들려오네
어디선가 웃음
소리 없이 소리
고요히 번져 오네
온 세상 고요한 활짝
온 세상 고요한
온 세상 고요한 아름다움

편도가 따끔따끔 합니다
너무 많이 써먹어 그럴 겁니다
너무 많이 쓴다고 시위합니다
좀 적게 쓰라고 좀 아껴 사용하라고
온도 차이에도 민감 떱니다
콜록콜록 에취~ 요란 법석 떱니다

그래도 꿈쩍 안 하는 놈 있습니다
곁눈질 한 번 안 합니다
질질거리지도 않습니다
요지부동입니다
떡 버팀이 카일라스(Kailas)[2] 같습니다
카일라스
그곳에 가면 볼 수 있습니다

떡 버틴 놈 보려 해도 볼 수도 없습니다
살짝살짝 다니는지 눈에 띄질 않습니다
늘 함께하는데 보이질 않습니다
거울 보면 이 모습 보이는데
보는 놈은 볼 수가 없네요

어디에 숨었기에?!……

요지부동 떡 버틴 놈
어디 있나요?
어디 있기에 뵈질 않는지?
여전히 편도는 따끔거리는데
따끔거린다고 아는 '놈'
무엇이며 어디에?"!"
뭐가 이렇게 정확히 아는지……
모르겠다
아플 테면 아프라지
아는 놈은 알 테니"!"……

○ 잘 살펴 갑시다. 떡 버틴 놈 아는 '내'
미소 알 수 없음에.

---

2   티베트 고원 서남부에 위치한 산으로 불교에서는 현실의 수미산으로 여긴다.

정유년 마지막 달 12월
숱한 이야기 만들고
숱한 일들 만들어 온 정유년
좋은 일 뒤엔 덜 좋은 일들이 기다리고 있기에
늘 팽팽히 걸어왔습니다

일상을 떠난 길 숲엔
산새 소리들 풀벌레 소리들
온갖 소리들의 모임 터
한바탕 걸쭉함에 정유년
그렇게 열두 달은 채워져
무술년을 맞으러 갑니다
꽤나 수척해진 모습으로

한 것도 없이 이룬 것도 없이
긴 길을 그리 갑니다
어딘지 모를 그곳
그곳을 향해 갑니다
얼굴엔 한 주름 긋고
어눌해지는 몸짓으로

행복의 그곳을 향합니다

정유년 길을 순응하며
걸어옴은 오롯한 내 길
나의 길이라 걸었습니다
걷는다는 말도
산다는 말도 필요치 않은
그냥 그냥 그냥…… 입니다"!"

12월 초순에 괜스레―( )

O 잘 살펴 갑시다. 머묾 없음 아는 '내'
미 소 늘 한.

사랑하는 내 벗들이 둥지로 돌아간 자리
그 빈자리엔 덩그러니 가로등만 쓸쓸히

까만 밤을 눈 하나 깜짝 안 하고
얼굴 하얗도록 지샙니다
차디찬 밤을 홀로 그렇게……

제 본분사인지도 모른 채
비바람이 불어도 눈보라가 쳐도
눈 깜짝하는 법 없이……

왠지 오늘 밤 저 가로등 불빛이
시려 옵니다, 시린 날씨만큼이나
내 작은 뜰에 휑하니

작은 정 가득한 내 벗들
내만 내만을 아끼는 님들
내 속에서 내를 담는 님들
내 님들 내 님 품 든 자정
휑하니 작은 뜰 몹니다

시림 뼛속까지 헤집고
찬바람 온 집안 휘저어 몰아갑니다
한겨울 찬바람 씽씽
달음질쳐 가는 지금 자정

시월 보름 달빛
파리하니 질려 내린 건
가로등 시린 불빛에 젖어
하늘 얼어 쌓인 빛 종유
이리 파리한 한밤중

시립니다
한겨울 달빛이
시립니다
가로등 불빛이
시려 휑한 이 밤이여
내 벗이 돌아간 빈자리
'빈'

⊙ 잘 살펴 삽시다. 한겨울 밤 시림 아는 '내'
미소 달빛.

석존께서는

나쁜 친구는
속으로는 싫어하면서
입으로는 좋다고 말하는 사람
입으로는 좋은 말하면서
속으로는 나쁜 마음 품는 사람
함께하는 일, 함께 가는 길에
늘 불평불만인 사람

좋은 친구는
함께하는 일 함께 가는 길에
한 몸같이 생각하고
모든 일에 의심하거나 방해하거나
꼬투리나 허물을 찾지 않는 사람

이와 같이 좋은 친구
나쁜 친구를 말씀하셨습니다

좋은 친구 만나길 바라기보다

내가 좋은 친구가 되어 보자
내가 좋은 친구가 되어 주면
친구도 내게 좋은 친구 되어 줄 테니까

나부터 내게 좋은 벗이 되자
나부터 내게 진실해지자
나부터 좋아져야
세상이 아름다워진다
가보자 진실하게
내 세상만도 아니고
네 세상만도 아닌
우리들 세상
우리들 세상을
편 가름 없이 우리 함께
행복한 세상 만들어 살자
미소가 흐르는 세상······

○ 잘 챙겨 갑시다. 그렇다고 아는 '내'를
미소 함께한

야반삼경이면 한송뜰 선원에서
늘 그러하게 만난다
매일 그렇게 우린 만난다

매일 모여 하는 일이란
조용히 앉아 사유하는 일
조용히 앉아서 내 마음 흐름을 지켜본다

들떠 있던 하루의 마무리
고요히 앉아 마음의 길을
실낱같이 파고들어 깊은 심연에 이른다

고요한 저 깊은 심연
한 치 깊이도 안 되는 곳에
헤아릴 수 없는 깊은 곳 있다
손으로 만질 수도 없고 눈으로 볼 수도 없는 곳
그곳 마음만 그저 드나든다

저 혼자만 그리 드나든다
심연 그곳에 마음만 그저―!

그곳 심연 거기엔
아무것도 존재하지 않는다
돈도 명예도 사랑도 없이
그저 텅 빔만 있을 뿐이다

그 텅 빔에 쌓이는 생각들
생각이 나란 욕심 이루고
생각의 욕심이 화 이루고
생각의 화가 어리석게 한다
심연 아무것도 없는 그곳
심연 그곳에서 내가 생겨난다

생겨난 나는 남과 편 가른다
업이 쌓이기 시작한다
세 가지 독, 삼독이 생성된다
우린 매일 이렇게 내 마음을
사유하며 내 길 오롯이 본다
내 혼자만 갈 수 있는 내 심연
내 마음 다스려 보는 참선 시간

나와 남이 한통속 일임을
사유하는 그런 시간
내가 나를 사유하는 시간
고요히 평화로운 시간
늘 반복하는 고요함의 시간
매일 그러함에 드는 시간
야반삼경 만남의 '참선'

O 잘 챙겨 갑시다. 나만이 나의 길 아는 '내'
미소 심연에.

어둠이 쌀쌀히 차가운 아침
아침 바람이 찹니다
인후가 따끔거릴 정도로
겨울나기 시작 같습니다
김장도 다 담으셨을 님들
그래도 따뜻한 겨울이길
마음으로 전해 봅니다
나보다 더 열악한 환경
그곳에 있을 님들을 위해

늙어서인지 작년 같지 않고
잔꾀만 부리려는 마음
가는 정 오는 정 속에서
관세음의 길
나만이 아닌 우리의 세상
관세음이길 두 손 모은 이 새벽
모두여 행복하소서
우리 함께인 세상입니다

○ 잘 살펴 갑시다. 사람답게 아는 '나'로
미소 해맑게

시월
스무날 첫새벽
사립문
열어 마당에 섭니다
한 잎 한 잎
날려 떨어지는 잎새
잠 덜 깬
얼굴 위에 날아 앉습니다
찹니다
화들짝 놀라는 얼굴애들
시리다 합니다

한 발 한 발 내디뎌 봅니다
까맘 속에 하얀 눈 위를……
내 잠든 꿈속 몽롱할 때
까만 밤 하얗게 깨우려
삼경 넘는 첫닭 첫소리에
밤길 날아 앉았나 봅니다

하얗게 덮습니다

마당에서 들판으로
들판 지나 산속까지
밤길 하얗게 덮습니다
지난 가을에 갈무리한
알알 씨앗 얼어 버릴까
흙보다 먼저 덮나 봅니다

시월 스무날
대설이라고 찾아든 눈
설이라 하얗습니다
하얘 좋습니다
눈이 까맸으면 어땠을까?
잠시 헛 허공 노닐어 봅니다
까만 눈길 하얀 밤……. 망상
깜짝 놀란 허공 꽃 하염없는 뚝
없습니다, 허공엔 없습니다
하얀 허공 꽃!……이

○ 잘 살펴 갑시다. 하얀 눈 하얗다 아는 '내'
미소 하얀.

파도가 겨울바람을 몰고옵니다
결 지은 손 넘실
하얗게 넘어 옵니다
넘은 걸음은 바삐 종종종

그렇게 넘은 걸음이
하얗게 바쁜 알알로 흩어지면
이 언덕에 이릅니다
고운 사장 모래톱!

이 언덕에 이르렀으면
쉬어도 좋으련만
뭐가 급한지 또 쓸려 갑니다
왔다간 갑니다
파도 귓전 때리는 철썩……

아마 저 언덕이 아니고
이 언덕이라 황급히
쓸려 가나 봅니다
겨울 차가움 남기면서

파도 바람몰인 바람몰인
한 송 뜰

석양도 파도에 밀려
산속에 둥지 틀고 쿨ㅡ!
파도는 바람 까맣게
재웁니다 쏴아~ 쏴아!~
쿨쿨한 바람 동녘 오면
아침이라 조조조
갈매기 떼 아침공양 합니다

그런 그런 님
우린 파도 탄 그런 님
물보라 미세엔 무지개가
저 언덕에 피어납니다
우담바라 그렇게~ '우'?!
그렇게~ '우'!?

○ 잘 챙겨 갑시다. 파도가 바람인 걸 아는 '내'
미소 늘 그러하게.

하루가 저무니 어둠 속
찬 기운 밀려옵니다
내 작은 초막에……
바람벽 토굴 힘에 붙였는지
틈새 틈새가 바람통입니다

내는 못 드나든 틈새
바람은
틈새 잘도 드나듭니다
내 작은 집이 뇌물을
바람에게 먹었나 봅니다
주인 몰라보는 내 초막이
바람 집이 되었습니다

내 작은 토굴 바람에게
뇌물 먹어 비록 틈새로
윗바람 들어와 신이 나서
온 방안 뛰놀며 춥게 하지만
내 작은 토굴 초막이 있어서
낸 너무나 감사합니다

걸음(만행)의 나날일 땐
그 모짐의 외풍들을
여린 이 몸이 감내했고
이 마음이 다스리며 왔는데
그런 수없는 나날의 대가
나의 길 초연한 오롯함'!''?'

내 작은 토굴 초막에
틈새 바람 드나들어도
겨운 시름 잊고
바름의 길 옳음의 길
가도록 외호해 주는
모든 님께 감사합니다
늘 사랑(존중)합니다
늘 한 님으로서 늘

○ 잘 살펴 갑시다. 내 지킴이 아는 '내'
미소 늘 그러하게.

눈사람이 내게 왔습니다
아침 일찍 문도 안 열었는데
작은 눈사람이 혼자 왔습니다
한 주먹 꼭꼭 뭉쳐서 한 덩이
또 한 주먹 꼭꼭 뭉친 한 덩이
두 덩이가 하나 된 눈사람
꼭꼭 뭉쳐서 둥글게 굴려서
하나가 둘이 일합상(一合相) 되면
눈이 사람 됩니다
꼭꼭 뭉친 둘이 하나가 되면
눈이 사람 눈사람 됩니다
우린 사람 너와 내가 사람
울 우리라 사람입니다
눈사람 내게 온 아침 일요일
월요일 사람 눈 뜨면 바쁜 일상
월요일 바쁜 한 주 시작하는 날
기왕 가는 길 즐겁게 갑시다
힘든 마음 아랑곳하지 말고……

O 잘 챙겨 갑시다. 나라고 아는 '내'
미소 사람의.

지은이 : 반야다라

소리가 아닌 경, 금강바라밀경

모양이 아닌 경, 금강바라밀경

묘한 앎으로도 알 수 없지

나는 지혜로도 이를 수 없지

중국말 번역 부질없고

인도말도 말일 뿐 어쩔 수 없이……

다
그렇다네, 이 마음도
다
그렇다네, 저 부처님들도

⭕ 잘 챙겨 갑시다. 그렇다고 아는 '내'
미소 금강의

소양호가 보입니다
비록 옛길은 아니지만
대룡산 자락에서
흘깃한 눈길로 봅니다

예스럽게 봐 줘도 되련만
그리움 가득한 눈길로
봐 줘도 뭐라고 할 사람 없는데
흘깃 봅니다

흘깃 봄에
가슴이 울렁여서?……
흘깃 봄에 그저~ 옛정이
옛정이 지나간 자리라서

옛 시절 내가 아니듯
옛 소양호가 아니기에
그리움으로 다가서 보기엔
왠지 낯선 서먹함……

긴 세월이 흐름에
돌아갈 수 없는 시절이라
흘깃함 낳습니다
흘깃 보며 예 거스릅니다

아는 내는 소양호가
소양호라 아는데
그 시절 이미 가버린 날에
낸 지금에 있을 뿐입니다

시절의 끈 잡고서
세월의 주름 긋고서
대룡산 자락 밟고
늘 흐르는 소양호 바라봅니다

○ 잘 살펴 갑시다. 예 이은 오늘 아는 '내'
미소 흐름에.

토실토실한 알밤
가을날 최고 자리 올라
가을이라 얘기하던 님
자르르한 이마에
도토리 모자 쓰고 씽끗

그땐 그런 아이가
알밤 삶아 주겠다
약속하더니
그런 일들 속에
그냥 갔습니다, 가을이

가을이 가니
알밤 잊고 동지섣달이
달 추위에 지쳐 반쪽이
반쪽 지쳐 실낱 된 그믐 길
달도 실낱같은 날

토실토실 알밤
김 서려 왔네요, 찜솥에서

장작불에 군밤도 좋은데
밤 푹 쩌진 툭 터짐
보슬보슬 한입에
시원한 동치미도 한 볼……

◯ 잘 살펴 갑시다. 저문 날의 알밤 맛 아는 '내'
미소 그렇게.

동지섣달 내 작은 집에
찬 기운 찾아든 스산함
땅거미가 제 집인 양
내 작은 토굴 떡하니
내마저 까만 땅거미
동지 팥죽 쑤어 먹여
얼른 보내야겠습니다

내 작은 집 지킴인
땅거미 잡으려고
땅거미 놓치지 않는
한 눈인 외호신장
푸른 눈 정확히 빛 쏘아
꽉 잡습니다
확~~~ 이렇게―'!'

하루가 저문 내 작은 집
땅거미가 집 채웁니다
어둑어둑 까만 빛으로
달도 비켜선 그믐 길

땅거미 지들 세상이라고
한살이 톡톡히 하는데

한 눈 푸른 눈
외호신장 푸른 날 세워
동지섣달 밤 재촉하여
동지 팥죽 팥죽 끓이는 달
동지 '애'붉은 팥죽 쑤는 달!

○ 잘 살펴 갑시다. 땅거미 아는 '내'
미소 푸른.

조용하다
매달려 있기에 아우성이던
풍경도 지쳤는지 조용하다
가지가 부러질까 부여잡으며
모진 바람에 버티던 나무
앙상한 뼈대만 남아 조는데
정유년 보내려는 아쉬움은
가는 정유년엔 밥값 못해서……
보름 남짓이면 그 정유년도
육십년 맨 끝자리 서게 된다
무술년에 밀려 맨 끝자리에

바람도 보냄이 아쉬워
격렬한 춤사위 용트림
미세먼지 날아 어둠에 묻고
기러기
시베리아 끝 물고 왔는지
차다, 춥다 한파……

모두가 잠잠한 고요

고요한 산사 조용한 홀로
한파 속 냉랭한 법당에 앉아
애꿎은 풍경만 바라본 달랑
섣달이라 제 역할 톡톡한
추워 시린 손, 추워 언 코끝
내 님 향한 마음도 얼어 꽁꽁!

O 잘 살펴 갑시다. 걸음걸음 그렇다고 아는 '내'
미소 한결같이

텅 빈 하늘에 조용히 꽃비가 내리네
묵묵하던 님 조용히 한 송이 꽃 집어 들고
고요히 한 송이 꽃 보이시니

온 세상이 고요하고
온 세상이 고요하네

온 세상 고요한데
어디선가 미소
소리 없는 소리
고요히 들려오네
어디선가 웃음
소리 없이 소리
고요히 번져 오네
온 세상 고요한 활짝!

온 세상 고요한
온 세상 고요한 아름다움

O 잘 살펴 갑시다. 소소영영 그렇다고 아는 '내'
미소 고요히

춥다 몹시~

풍경도 춥다고 팔랑팔랑

붕어 떼어 강으로 달음질치고

아침나절 쪼르륵 얼음 썰매

춥다

얼었다, 얼음

얼음 발길이 넘어질세라

따슨 아랫목에 배 깔고 뒤적이는 책갈피

벌어지는 망울

꽃망울 벌어지네

피어나네 활짝 꽃잎

한 웃음 만발

활갯짓 쫙

한품에 안은 꼭

따스한 포근한

장작불 아랫목 관세음

천수천안 관세음이라

O 잘 살펴 갑시다. 찰나 놓치지 않음 아는 '내'
미소 빙긋한

12월이 다해 간다
어디로 갈까, 12월은?……

12월 밤이 길어 잠도 길다 꿈도 길다

꿈
꿈꿀 땐 꿈속 일
꿈을 깨니 꿈속 일
자도 깨도 꿈속 일
꿈속 일
자나 깨나 꿈속 일
꿈꾸는 내가 낸가?
꿈꾸게 하는 내가 낸가?

꿈 하룻밤 순간
12월은 열두 달 막달
꿈속 열두 달 간다
간다

O 잘 살펴 갑시다. 소소영영 아는 '내'
미소 꿈 。

한가한 날 한가함이 날아옵니다
더욱 한가해지려
푸른 창공 헤치며 내게……

한가히 잎새들 사이사이
푸른 하늘 지나 내게 옵니다
팔랑여 메워 오는 길
청운 청풍 타고 옵니다

한가한 날 맑은 마음 끝없는 날은
끝 물어 다시 여기 이 자리
맑음 지극함 내 님도 한끝

한시(閑時), 한시에 듭니다
지극한 한가로움에
님이여
여여한 이, 내 님이여
휴 휴, 휴~ 후 내 님이여'!'

○ 잘 살펴 갑시다. 휴휴 아는 '내'
미소 창창한

옛 님 이르시길

다 털어버리고
이쪽도
저쪽도 가운데도,
텅 빈 손에 호미 들고
가다 가다 물소도 타지

건너간다 저 사람
다리 건너간다
흐르는 다리 멈춘 물위를
아,
저 사람 다리 건너간다

_____

나에게 이르러

_____ : 멍짓!
뭘 털까?

이쪽도

저쪽도

가운데도,

'라'

할 만한 게 없는데!

팬스레……" "

O 잘 살펴 갑시다. 한 조각 구름 같음 아는 '내'
미소 허허.

어둠 내린 저녁
서산 등마루에 소나무
차가운 솔잎 새로 초승달
밝은 미소로 내를 본다
생글생글 눈웃음 지으며
잠시 후 안녕 내일 봐요
이 밤은 안녕 예서!……

동지섣달 초승길
서산 너머 서쪽으로
깬 잠 등에 메고 만월 찾아 가는 길
동짓날 초승
눈웃음 바람 깃 금빛 물
쏟아 쏟아 쏟으며 갑니다

한송뜰 금빛 물들이려 합니다
하지만 흰 거미 슬슬
어스름 달밤 만듭니다
잠시 후 안녕하면
이내 캄캄해질 겁니다

칠흑같이 깜깜

별에게 밤하늘 맡기고
달 그리 갈 겁니다
타박한 걸음이
아니었으면 합니다
내 마음 찾는 그런
길이라 여기고 싶습니다
내 찾는 내 길 홀로 길

홀로이기에 반듯합니다
견줄 님 없기에 반듯이
가없는 하늘 길 그리 갑니다
홀로 청정히 그런……. 내 길
동지도 한낮을 넘은 한밤
멍멍이 해
무신년 바라보면서 한 기웃……

○ 잘 살펴 갑시다. 그렇다고 아는 '내'
미소 초승길

정말 가네요, 정유년이
세월을 거슬러 간답니다
세월을 거스를 줄 아는 세월
참 신기하고 묘합니다
신기하고 묘함이 멈추지 않고
그렇게 가네요

꼬끼오란 말 큰 찬사
닭들이야 어찌 자기들이
12간지에 들어 있는 걸
알겠습니까
인간사에 끼인 12간지
그냥 꼬끼오할 뿐 말이 없네요

가는 세월이야
가겠단 말하겠습니까
사람들의 약속말이겠죠!
세월이야 가겠습니까,
우리 약속말이 간다라 하겠죠
동지도 우리가 만들어

새해맞이 하자는 절기겠죠

가는 해 안녕 기원하는 붉은 팥
오는 해 맞이하는 안녕 붉은 팥
가고 옴에 안녕을 팥죽으로
동지 절기 맞이합니다
해거미가 깨어나 밝혀 가는
첫해 맞이 절기 무술년에
접어든 절기 동지
우리도 절기란 의미 따라
새로움을 시작하는 날 동지
동지에 봅시다, 따스한 봄날!

⭕ 잘 살펴 갑시다. 절기에 하나됨 아는 '내'
미소 가며 오며.

춥다고 징징댔더니
동지가 봄이 되었네
낙동강 물이 풀린 듯
겹겹의 옷을 얄편하니
홑겹을 입어도 될 만큼

춥다고 징징댔더니
큰 님이 따사롭게 오시네
소한도 안 왔는데
봄이 저 먼저 왔나 보네
홋홋함이 훈풍이네

추운 게 싫다 했더니
동지섣달이 봄날이네
노랑나비 폴폴 날듯이
따스한 봄날 오후 같다네
추운 게 싫다 했더니

추운 게 싫다 했더니
정유년 12월 23일 오늘

버들강아지 냇가에 필 듯
훈훈한 하루가 봄날이네
추운 게 싫다 했더니

봄!
봄 보옴!
봄이라네 섣달에!⋯⋯

O 잘 챙겨 갑시다. 소소영영 아는 '내'
미소 따스하게.

꼬옥 안아 본다 내 님을
겨울비 오는 걸 아는 내 님
겨울비 내려오는 길
겨울이라 미끄러운지
죽죽 소리 내며 내려온다

허공에 미끄럼틀도 없는데
주룩주룩 우르릉 쿵쾅
내려 달린다, 바닥까지
맺힌 멍울 톡톡 터진다
천둥 치고 번개 쏘아 톡

겨울비 내리는 12월 24일
어제 따뜻한 봄날 같더니
오늘도 봄인 줄 아는지
하루 종일 겨울비 봄비처럼
봄비로 아는 '내' 님 허~참

낸 비 오는 날 내를 본다
주룩주룩 소리에서

내 찾는 간절한 내 님을
간절한 내인 내 님을
낸 그런 내 꼬옥 두 팔 벌려
안을 수 없는 님이지만 꼬옥!

⭕ 잘 살펴 갑시다. 안을 수 없는 내 아는 '내'
미소 간절한.

새벽 세 시
찬바람 팔짱 끼고
한송뜰 거닙니다
목탁 없이
반야바라밀 중얼중얼
한 발짝 한 목탁 딱
또 한 발짝 한 목탁 딱

새벽하늘 차갑기에 초롱초롱
별들도 함께 도량 돕니다
목탁 없이
흰 구름 마하반야바라밀
하늘 구름 한 목탁 딱
한 구름 하늘 거닐며 딱

새벽에 내도 돌고 별들도 돕니다
한송뜰 목탁 없는 도량석
흰 구름도 한 걸음 한 걸음
딱 딱 딱 갑니다
돌아드는 우주 뜰 도량석

한숨 한 발 한마음 도량석

목탁 없는
목탁 소리 딱! 딱! 딱!
구름도 한 발
내도 한 발
별들도 한 발 한 발
돌아드는 우주 뜰
우주는 한문 한송뜰 한글

차가운 새벽
우리 그렇게 도량 돕니다
도량석 한 발짝
한 걸음 돌아드는 한송뜰
도량송 마음의 노랜
크고 넓고 맑고 밝은 바른 지혜
둥글고 묘한 우리들 마음

○ 잘 챙겨 갑시다. 흰 구름 같음 아는 '내'
미소 우리들.

도량 소제하느라
일찍 나왔더니
차가운 바람이 인사합니다
청량하다고
차갑지만 청량합니다

빗자루 보살은 잊고
청량함에 젖었습니다
청량보살님
팔만사천경문을 통합니다
납자 노사나 원만타 합니다

팔만사천 청량불 청량한데
그러하다 노래하는 님들
비비새 비비빅 작은 텃새
비비빅 노래로 폴폴 날아
비비새라 하나 봅니다

한 떼들
한 떼들이 떼창 합니다

굴뚝새 사촌쯤 되는지
굴뚝새보다 작은 아이들
텃새 참새보다 작은 아이들
빤히 바라보며 아침 노래
청량함의 조화입니다
어우러진 청량보살들
해님도
샘이나 쏙 고개 내밉니다
청량함에 참 소제
소제
빗자루만 하는 게 아닙니다
이렇듯 이러합니다

모두여 맑은 날 되소서

⭕ 잘 챙겨 갑니다. 이렇게 청량함 아는 '내'
청량한.

수많은 말
하며 살아왔는데
그 말 어디로 갔을까?
수많은 생각
하며 살아왔는데
그 생각 어디에 묻혔을까?
수많은 일들
하며 살아 왔는데
그 일들 어디에 있을까?

허공엔
아무것도 없다?~
수많은 말 다 먹었는데
허공엔
아무것도 없다?~
수많은 생각 먹었는데
허공엔
아무것도 없다
그 많은 일들 다 먹었는데

허공
참, 배가 크다 엄청~
그리 먹어도 티가 없으니
그리 먹여서 욕심이 없다
그리 먹어도 그대로니
참, 크다 '배'

허공은
수많은 말, 생각, 일들
저장할 공간 함장해 두는 곳
허공이 있어 내일이 있고
수많은 일들을 되풀이 한다
텅 빈 빈틈없는 공간……"!"

O 잘 살펴 삽시다. 걸림 없는 삶 아는 '내'
미소 밝은

내가
뭘 알겠습니까?
달라하면 줄 뿐!

내가
뭘 알겠습니까?
졸리면 재울 뿐!

내가
뭘 알겠습니까?
밤은 밤 낮은 낮인걸!

    ‘!’

O 잘!~
미소 생글.

해지려니 달 마무리합니다
아쉬움은 뒤
낮잠은 앞서 잡니다

바람은 잎새 흔들어
솔솔 창문을 서성입니다
꿀 낮잠이 심심할까
댓 그림자 앞세운 바람

댓잎 울려 귀 깨우고
댓잎 창문 비춰 눈 띄운
해 지려 하는데
달 마무리 하려는 날

낮잠 깬 낸
지는 해 달 마무리합니다
솔솔 창문 서성이는 님과 함께!

〇 잘 살펴 갑시다. 해와 달 소소영영 아는 '내'
미소 해와 달.

꿈속을 거닙니다
찬바람만 휑한 길
횡횡 차이는 바람 길
꿈속 길 그리 갑니다

해와 걷는 하루 길
꿈속 길 분주히 히히
달과 걷는 밤길 반길
꿈속 길 털털하게 후후
꿈속을 거닐어 갑니다
공허한 푸른 길
창창한 바람 속 길
꿈속 길 꿈같이 갑니다

찰나가 꿈속
꿈속 같은 순간순간인
바람 불어 나부끼는 길
꿈속 길 탈탈하게 허.!. 이

O 잘 챙겨 갑시다. 꿈속 길 아는 '내'
미소 꿈 .

시림 몰아내던 해
추움을 밀어내던 해가 저 산 너울 넘습니다
감이 못내 아쉬워 어설픈 웃음은 애써……

잡고 싶습니다
망상의 자락일지라도
따스하게 꼭 잡고 싶습니다
하지만 산 여울 넘으며 따스함도 여며 갑니다

훠이 훠이 열두 고비 열두 달
구름 져 멘 목 훠이
저문 날갯짓 '훠이'
불성 없다 멍멍 '멍'

산 여울 넘는 해
닭 울며 가면
해 거미 아침 멍멍 '멍'
산 울려올 겁니다 '해'!

O 잘 살펴 갑시다. 가는 세월 아는 '내'
미소 탕탕한.

왔어요! 개띠해
보이지는 않는데
왔다 하네요, 무술년이······
옴이 보이진 않지만
왔다 이름하네요

이름이 그러하니
왔겠죠, 무술년 개띠해
1월 1일이라 하자했으니
왔겠죠, 그렇게 이름 따른
무술년 새해가

해 동해 바다 지나오면
새해가 밝았으니
마음·몸가짐 해 봅니다
소소영영 해 밝았으면
찰나 찰나가 소소영영······'!'

무술년 새해엔
강건하시고

복 많이 지으시어
복 많이 받으시는 한 해로
모든 소원 이루시옵소서

늘 사랑합니다, 모두를
늘 한 님이 늘~

O 잘 살펴 갑시다. 쭉 한길 아는 '내'
미소 활짝

고요히 고요한
적적히 적적한
바람도 조용한 산사
뎅뎅이는 풍경 소리도
숨죽인 고요한 적막

고요하고 싶어서
적적함에 길
바람 바람 갑니다
바람이 불어도 난 고요
폭우가 내려도 난 고요

고요 속
소한은 겨울 한복판
대한 입춘 부릅니다
얼음 흐름이 바다
봄 가랑 강 숲에 젖어
한맛에 듭니다 짠 바다!

이런 저런 모여듦을

짜디짜게 절인 일미 바다
짬이 녹아진 심층 순수
맑디맑아 맛 일미 심연
한맛이라 화엄 바다라
대방광불 화엄 바다……

고요 적적한
고즈넉 산사엔
바람도 고요한 달밤
홀로길 함께 갑니다
고요라 좋습니다
적적함이라 좋습니다
달빛 내린 초저녁이라……

O 잘 챙겨 갑시다. 고요함 아는 '내'
미소 고요한

염불 소리
하늘에 닿아서
해님이 오셨네요
소한이라
추울까 봐서
햇살 지어 오셨네요

박자 맞춰
두드리는 목탁엔
제불님이 오시네요
한줄기
염원이 녹아져
쏜살같이 오셨네요

소한이라
추울까 봐서
제불 가피 지어 오셨네요
염불 소리
하늘에 닿아서
햇살 한 하늘빛이

제불님
한해 가져 오셨네요
소한이라 추울까 봐
한 덩이
붉음 한아름 안고
쏜살같이 오셨네요

찰나도
무색하고
순간도 무색하니
너와 나 염원
한 하늘 한 해 담아서
쫙!~

○ 잘 살펴 갑시다. 붉음 토함 아는 '내'
미소 흠.

달빛에
들었으니
낸 달빛인데

내 품에
들었으니
넌 내 안음세!

내 품에
넌
넌, 낸 한 품!

내 품에
넌
낸?……

'한 품'

○ 잘 챙겨 봅시다. 내…… 안 아는 '내'
미소 흘깃.

허공의 한 꽃이여
곱게도 피었어라
송이송이 주렁주렁
탐스럽게도 열렸어라
허공 네가 없었던들
어찌 허공 꽃이 있었으랴

허공의 한 꽃이여
내가 없었던들
탐스런 열매 있었겠나
네가 없었던들
어찌 허공인줄 알았으랴

허허한 한 허공
네가 되고 내가 되네
내가 네가 있어
텅텅~ 한 허공이네
'휴'!

○ 잘 챙겨 삽시다. 소소영영함 아는 '내'
미소 한결같은.

봄보다
더 따뜻합니다
봄 하늘보다
더 생기 있습니다
봄인 줄
착각하는 대한 가는 길

개나리 봄인가 싶어
고개 쏙 내밀어 봅니다
동백도 봄이려나
얼굴 활짝 내밉니다
산수유 봄은 아닌데
뭐지? 창문 넘어 봅니다

봄인가! 싶어
도광 불러 봅니다
봄일까?~! 싶어
선묵 꼬집어 봅니다
봄이려나?⋯⋯ 싶어
시우야!⋯⋯ 어디 있니?~

봄이라~!~! 여겨
선화야 우리들 선화야
여연한 하늘인가?
봄맞이 청정 혜~은인~가!
구름 구름 보배롭게…… 륜~!
한송뜰 가득한 절로라네

에구
봄인 줄 착~~~?
봄인 줄 각_____?~!
한겨울 따스한 날
봄~~~?!
헛날개 단 승_____~

○ 잘 살펴봅시다. 헛것을 헛것이라 아는 '내'
미소 헛헛한.

올올 하려고
그렇게 걸었던 길

내 홀로
그렇게 걸어온 길

올올 하고자!

○ 잘 살펴서 여리지에 명확히 아는 '내'로
미소 참.

어쩌다
바람이 되었네요
고요할 땐 맑음이고

어찌하여
바람이 되었네요
소요할 땐 자적이네

어찌하여
바람이 되어
한 허공 몰며 몰아 몰아 이네요

어찌하여
바람이 되어
한 하늘 끝 지어 나돌고

끝 지어 나도는
어쩌다 바람 되어!⋯⋯

❍ 잘 챙겨 갑시다. 한〜한〜〜! 아는 '내'
미소 맞이한.

날씨만큼이나
요동치는 마음에
몸이 몸 둘 바를 모른다

마음 따라
몸은 요동치는 '폭'
몸이 힘듦에 웁니다

날씨만큼이나
괴팍한 마음에
몸이 몸이 아닙니다

마음 일어
몸은 거친 항해 바다
몸이 웁니다, 힘겨워……

힘겨움 아는 건
마음입니다
마음 제 스스로 만듦이
내 집 만신창이 헐어 가고

몸 만신창이 되면
나라는 집 무너져 가는데
내 집 관리 내가 합니다
아무도 해 줄 수 없는 관리
요동치는 마음 잘 다독여
내 집인 건강한 몸으로
나와 나 해후해 봅시다

세월 흐릅니다
멈추지 않습니다
잘 다스리는 마음
잘 다스림 받는 마음
우린 하납니다. 하~아!

○ 잘 챙겨 갑시다. 기다림 없음 아는 '내'
미소 정진에.

한낮에 내리는 눈
마음에 뿌려집니다
펄펄 날아듭니다
허융담박(虛融澹泊)!
내 마음에 고요히……

소리 없이 옵니다
누가 따라 올새라
숨죽이며 사뿐히 옵니다
팔랑팔랑 날개 달고
날갯짓도 없이 옵니다

날갯짓 없으니
북풍 한설은 옛 노래가사
한 잎 한 잎 아롱져 옵니다
조용히 내리는 잎새들
이것저것 숨깁니다, 하얗게!

눈
간밤을 까만 밤을

하얗게 지새며 오느라
하얘졌나 봅니다
그야말로 백설인, 백설!

하얀 눈아
내도 하얗게 덮어주렴
내도 하얀 눈 되도록
내 마음도 하얘지도록
백설처럼……

O 잘 살펴 삽시다. 신령스러움 아는 '내'
미소 하얀 눈처럼.

소한이
가볍게 가리란
생각은 안 했는데

꿈속 일
역시입니다
꽁꽁 싸매서 괜찮겠지 했던
마음이 얼어버렸습니다
동면에 든 수도 얼어 터져서
물 분수로 뿜습니다…… 어쩌지?

가제트
송담에게 보였더니
응급수술 해주네요
고마운 부처님, 송담!

그냥 설핏 가지
섣달이라고 한 한파합니다
손 시려 주머니 찾고
귀 시려 귀마개 찾고

독감도 한파가 무서워
도망칠 겁니다, 에~취__

에취에 놀라 한파도
덩달아 도망치겠네요
독감 바이러스도
한파와 함께 가세요
저 "   "!

○ 잘 챙겨 갑시다. 한파라고 아는 '내'
미소 따스하게.

춥다
한파라
뭘 잡으려 이럴까
이유야 있겠지만
이유 알아 뭣하랴
추울 만큼 추우면 가겠지
얼릴 만큼 얼리면 가겠지
해 길어지는데
길어진 만큼 녹이겠지

미진한 마음
너무 좁아 내 것만
미진이 넓음을 어찌 알리
미진이 하늘을 어찌 알리
미진만큼 네가 알면 미진만큼
미진이 땅만큼 알면 땅만큼
미진이 하늘만큼 알면 하늘만큼
그러한 걸
아는 만큼만 아는 걸
뭘, 무엇을……

고작 고것인걸~~ 고작

한없는 날
가없는 날 회상이여
한없는 돌아감이여
가없음이여……
그럴 뿐…… 고작

⭕ 잘 살펴 갑시다. 진실 뭔지 아는 '내'
미소 지으며 。

작년에
내
내 씨앗은
허공에 뿌렸습니다

작년에
한평생인
내 씨앗을 훌훌
허공에 묻었습니다

다람쥐
새들도
쥐들도 모르게
꼭꼭 심어 놓았습니다

견고하여
아무도 못 건드립니다
얼마나 꼭꼭 심었는지
알아도 어쩔 수 없습니다

허공은
발아가 참 잘 됩니다
한 치 오차 없이 돋습니다
잘 자랍니다, 심긴 대로……

올해도
내
내 씨앗을
허공에 훌훌 뿌립니다

찰나 찰나
순간순간 놓치지 않고
솔솔 뿌렸습니다, 올해도!
어김도 오차도 없는 꼭꼭……

허공이라
흙도 물도 없이
씨앗 잘 심겼습니다
낙아 없이 찰나 찰나 콕콕

한생각 낼 때마다
한 치 오차 없이 심깁니다
꼭 그렇게 더도 덜도 아닌
꼭 그렇게 심겨져 옵니다

나, 내년엔
내 씨앗 발아 잘 되어
잘 자랄 겁니다. 심긴 대로
틈 없이 한 치 오차 없이……
후우~ 잘!?~

O 잘 챙겨 봅시다. 오차 없음 아는 '내'
미소 흐름에

여지없이
허공에, 내 마음에
지금 한 생각이 저장 됩니다
비록 좋은 생각일지라도

여지없이
허공에, 내 마음에
지금 한 행동이 저장 됩니다
비록 나쁜 행동일지라도

여지없이
허공에, 내 마음에
지금 모든 일어난 생각
행위가 꼭꼭 심어집니다

미래 내 삶의
씨앗으로 꼭꼭 심깁니다
찰나 찰나 한순간 순간이!……

○ 잘 챙겨 갑시다. 물들지 않음 아는 '내'

내' 부모미생전
가없는 창공 있었는데
내' 부모현생도
한없는 창공 그대로네
내' 부모내생도
끝없는 창공 그대로일 테지

내' 몸
가없는 허공 한 티끌
내' 젊음일 때
한없는 허공 그대로
내' 늙은 지금
끝없는 허공 그대로네

마음
유유자적한
한 허공 한 뜰 한 송이
어제.
오늘..
내일... 그리고 _____ " "!

부질없는 구름

쉼 없이 돌아드는 빔

빔

빔

'빔'?……(!)

⭕ 잘 챙겨 갑시다. 허공이라 아는 '내'
미소 쉼 없는。

내가 하는 일
허공이 보고 있습니다
아무도 모르게 살짝 하는 일
허공이 또렷이 보고 있습니다

내가 하는 거짓
내가 보고 있습니다
아무도 모르게 살짝 하는 거짓
내가 또렷이 알고 있습니다

나와 내가 하는 작당
허공이 보고 있습니다
아무도 모르는 비밀 밀밀함
허공이 또렷이 보고 있습니다

우리의 일거수일투족
허공이 찍습니다. 유심에
피할 수 없는 맘짓, 몸짓
내표 블랙박스(black box)
허공표 시시티브이(cctv) 실시간 찍습니다

성능은 오차가 없습니다
허공표 블랙박스는
반경도 없이 광활합니다
허공표 시시티브이는
내표 블랙박스는

우리의 생각
허공이 찍습니다. 내 마음에
도망칠 수 없는 맘짓, 몸짓
내표 블랙박스
허공표 시시티브이 틈 없이 찍습니다

내일 날 틈 없는
사주팔자 만들려고……" "!

O 잘 챙겨 갑시다. 한 치 없는 오차 아는 '내'
미소 참스러운.

태어난 바도 없다 하는데
생일인들 있을까?
태어난 바 기억하니
생일 축하할 일 있네!

생일 축하해 주니 생일 축하 감사히 전하네
생일 축하해 주는 님 내가 그고 그가 내가 되네

이러히 축하하고 이러히 축하받네!
받은 바 없이 모두에게 생일 축하 노래 받네!

진정한 축하라
머무는 바 없는 축하 축하
대한도 축하 축하
냉랭한 한 소절 춥게 춥게!

모두여 감사합니다
모두여 사랑합니다

○ 잘 살펴 갑시다. 생일이라 아는 '내'
미소 생일 축하.

절여진
마음이여
한평생이라
말하지 마라

한~일진데
무엇을 얻으랴

도솔봉
해가 뜨든 말든
한송인
달이 뜨든 말든

오는 이 올 테지!

가는 이 갈 테지!……
낸
늘 여기에…… " "!

⭕ 잘 살펴 갑시다. 한평생 아는 '내'
미소 천진스러운.

허공
육안으론
아무것도 안 보입니다
잡을 것도 없습니다

허공
우리 눈엔
아무것도 없어 보입니다
쌓을 것도 없습니다

허공엔
내가 있습니다
땅을 딛고 있습니다
허공 꽃 한 포기 사람 꽃

허공엔
아무것도 없습니다
뭐라 말할 수 없는 텅 빔
텅 빔에 너와 내가 있습니다
만물의 장터……" "

넌

낸

우린

우럽니다. 우리 '한 묶임'

맘?!……

이름이 그러할 뿐

O 잘 챙겨 갑시다. 내 맘 나만 아는 '내'
미소 휴-휴한.

일어났다
기지개 켜며
밤 자리 홀홀 털고

창문 열어
묵은 밤 보낸다
맑은 아침 상쾌로

후움~
깊은 숨 마셔 본다
단전 저 깊은 곳까지

으음~
숨 저 깊은 곳
심연 그곳에……?!……

O 잘 살펴 갑시다. !……?!…… 아는 '내'
미소。

부질없이
숱한 날!
시끄럽게
헤매며
걸음 걸은 걸음!

부질없이
숱한 날?
시끄럽게
헤맨!
푸른 창공 한송뜰!

O 잘 살펴 갑시다. 소소영영 아는 '내'
미소 한세월.

음력 12월 8일 성도재일
석가모니 샛별 보시고
큰 깨달음에 이르신 날
석가모니 부처님 되신 날

새벽이면
뜨지 말라 해도 뜨는 별
새벽별 샛별

매일 새벽
하루도 거르지 않고
그 숱한 날 새벽 오니
샛별도 덩달아 온다
거역하는 일 없이
누가
봐주든 말든 그렇게
숱한 날 떠 있고 떠 있어
새벽이면
새벽하늘엔 샛별 빛난다

새삼스럽게
매일 본 샛별을 보고
석가모니는 뭘 깨달았을까?

뭘? 깨달았다 하는 것인지……

첫새벽 샛별 보고
우리도 자신의 존재를
깨보자 깨달아 보자
매일 새벽 동녘 하늘에
샛별 소리 없이 올 테니!……

O 잘 살펴 갑시다. 머물지 않는 내 아는 '내'
미소 반짝이는.

댓
바람이
차디찬 아침
한송뜰 노닌다

모두
안녕한 아침
예서
제서~ 안녕! 안녕!

한송뜰
댓바람 아침
한송인들이
아침공양 올렸다

찬바람에
어둠
살짝 버무리고

동녘에

붉은 노을
떠다가 국 끓이고

언 밤
밝은 햇살이
아침밥 지어 솔솔~

따끈한
커피 한잔에
긴 여운~ 긴~ 공양!

모두를
늘 사랑한다 말하며
늘 한 님은 늘 이렇게

O 잘 살펴 갑시다. 솔솔함 아는 '내'
미소 햇살.

선달 열흘
춥다, 엄청
대한 절기 상기시키려
제 몫 톡톡히 하는 추위
칼바람에 떼 바람까지
이 골목 저 골목 날아다닌다
다 얼려버린다 꽁꽁

대한은
제 몫에 제 이야기 다하는데
낸
얼마만큼 내 할 일 다할까?
난 얼마나
내 길에 충실했을까?
나인 내게 묻는다

다지며 다져 가는 길
홀로 길 여법하고자
대한 같은
칼바람 몇 번을 불었던가

대한처럼
얼마를 냉랭히 얼렸던가

내 길 오롯이 걷고자
내 길 올올하고자
누구의 평이 아닌
자화자평으로 다진 내 길
내 길에 내만 홀로 외로!

간다
그냥 이렇게
모두의 행복 바라며!······

⭕ 잘 챙겨 갑시다. 홀로 길 아는 '내'
미소 씽긋.

엠이
겨울 맛나게 합니다
살갗 저미는 엠
모두를 움츠리게 합니다
꽁꽁 얼려 내도 꽁꽁 싸맨 날

제 맛 나는 날 한겨울
봄 같던 날이
얼굴 바꿔 냉랭 꽁꽁
오르락내리락
겨울 널뛰기 합니다

감기는 신이 났습니다
이 집 저 집 제 집인 양
활개 치고 다닙니다
갈 생각은
꿈에도 없나 봅니다

이 친구
저 친구 만남이

괴롭기도 할 텐데
완전 신바람 났습니다
눈치도 안 봅니다

살짝이 들어와선
나갈 생각도 안 합니다
이젠 가도 좋으련만
그만 괴롭혀도 되련만
세상이 감기밭 되었습니다

널뛰기 날씨에
감기만 부산 떨고
그 부산스러움에는 에이(A), 비(B), 시(C) 독감이
떡 버텨선 한겨울 복판
이젠 가자 감기야 독감아
사람들 활기차게 살도록……

⭕ 잘 살펴 갑시다. 한결이 한결 아님 아는 '내'
미소 안녕한 ●

며칠 전
한파로 수도가 터졌는데
어젠 봄날 같았습니다
봄처럼 구름 가득 덮고
해님은 나올 생각 없더니
급기야
주룩주룩 비가 내립니다
봄비 마냥…… 이 겨울에!

한양 나들이 갔다 오는 길
길 가득 빗줄깁니다
제너시스(내 마음)가
빗길을 지칩니다, 주욱죽~
내 애마도 빗길 주욱죽……
우리 그렇게 지치며
자정에야 환지본처했습니다

한양 산하 설산이 되었습니다
하얀 설산 차창 밖에 서 있으니
옛 님이 생각납니다

설산수도상(雪山修道相) 수하항마상(樹下降魔相)
하얀 눈 속의 산에서
제 마장 항복 받아 석가여래 되셨는데……
낸 '뭣고'

하얀 설산 바라보니
뜨거움이 가득 고인 눈
뜨거움이 줄줄 줄기진 볼
하얀 설산은 ____ 그저 무심!
내야 그러든 말든
눈 덮고 겨울잠만 하야니!

환지본처한 낸
하루길 굽어보며
제너시스(마음)에 잠깁니다
제너시스에 환지본처!……
불기 2562년 1월 28일
새벽 축시에 씁니다

○ 잘 챙겨 갑시다. 내 마음 뺏김 아는 '내'
미소 하얀.

해가 떴다~
밤새
들락날락하며
수도꼭지 챙겼다

내는
내팽개치고
수도꼭지만
대한 추위에 얼까봐

수도꼭지
안녕하시다
들락날락 내 체온이 얼음
얼씬도 못하게 해서

이리
날 챙기라고
잊지 말고 챙기라고
대한이란 놈이
심통을 부렸나 보다

쫌
있으면 매화꽃 핀다
대한이란 놈
등살에 못 이겨 꽃피운다

소쩍새는 국화를 피우고
대한이란 놈은 매화를 피운다

낸
내화를 피운다
내 꽃
홀로 꽃
영원할 꽃을……

늘 사랑합니다
늘 한 님은 늘~
우리 모두를……

〇 잘 챙겨 갑시다. 영원함 아는 '내'
미소 맑은.

봄꽃이 고개 내밀 듯한 날씨가
입춘을 부르는 것 같습니다
그렇게 맹추위 떨치더니
오늘은 살짝 고개 숙여
길어진 햇살만큼 따뜻합니다

절기 입춘으로 가는 길
우리도 입춘에 접어 들자
조심스레 얘기해 봅니다

늘 한 우리지만 늘 한 날이지만
변화무쌍 합니다……. __( )__

늘 그러한 님이길
두 손 모으며 간절히 님 부릅니다
변화무쌍 여읜 님……. __( )__!
입춘 맛보기 날씨, 입춘 추위도 추위
구정도 추위란 이름 있습니다

○ 잘 살펴 갑시다. 윤회 멸정을 아는 '내'
미소 밝게.

통도사, 통도사를 다녀왔다
통도사엔 통도사가 없었다

휑한 한 하늘만
홀로인 낼 맞을 뿐!

매운맛 한 하늘만……
파랗게 시릴 뿐!

통도사
통도사엔
통도사가 없다
통도사가 없었다

파란 한 하늘만
파랗게 비빈 매운맛
무술년 1월 31일
때꺼리는 매운 한 하늘 파랗게 '언'

O 잘 살펴 갑시다. 매운맛 통도사 아는 '내'
미소 덩그런.

한번 내달린 추위
멈춤이 어려운가 봅니다
소한이 보내고
대한이 보내고
입춘을 향한 걸음인데
발길이 너무 찹습니다
너무 시립니다…… 뼛속까지!
시려 동상되겠습니다

그래도
아침 해는 떠오릅니다
맑게 떠오릅니다
추움 알지 못한 채 떠오릅니다
뜨고 지는 일상 확실한 님
조금 조금 일찍 일어나는
조금 일찍인 나날이면
긴 여름에 여울질 님!

맑은 미소로
밝은 마음으로 다가오는 님

까맣게 긴 추운 밤 보내며
햇살 지어 오는 님
내 할 일은 그저 바라볼 뿐!
내 할 일은 그저 그럴 뿐!
이리 소소영영함 알 뿐!
이리 소소영영함에 있을 뿐!
그저___!

O 잘 살펴 갑시다. 소소영영함 아는 '내'
미소 그저.

하루의 마무리
여리지 길 길벗들과
해시 참선 정진 끝으로
안녕~ 낼 봐요

내
환지본처 하는 길에
개기월식에서
환지본처 하는 달님과 마주쳤다
달님
씩 웃으며 진들 어쩌겠노~

당당한 달님 보며
내 또한
한마디
진들 어쩔끼고~

달도 마주하며 웃고
내도 마주하며 웃는 밤
자정을 넘은 환지본처 길

뿌연 밤 구름은 낸들 어쩌노……

밤 이야기
밤길 접어 가는 길
내길 여리지 길~
달님아 잘 가자!……

늘 사랑합니다
우리 모두를
늘 한 님은 늘~

○ 잘 살펴 갑시다. 그러함을 아는 '내'
미소 껄껄~

가만히
귀기우려 봅니다
소리
따라 귀기우려 갑니다

저만치
오는 소리 봄 소리
저만치
꽃피우는 소리 향긋

가만히
기울인 귀에 날아옵니다
가만히
귀기울림 피어옵니다

핌에
나날이 되어
꽃도 피고
내도 피고
너도 피어

한 하늘 피어 돕니다

필 날만 있습니다
걸어온 길이 이젠 핍니다
이젠 봄이라 핍니다
환희로!……

환희로운
세상 열려 있음을
아는 내는 압니다
아는 내는 압니다

늘
'본지풍광'
늘 여여한 세상
아는 내는 압니다

◯ 잘 살펴 갑시다. 아는 내를 아는 '나'
미소 깔깔~

아침 향이 맵습니다
찌르는 듯 파고든 찬기
코끝에 찬 꽃 달립니다
빨갛게 콕!

아침 매운 향
눈가에 맺힌
파고든 찬기
핑 핑그르르 글썽!

매운 아침이
귓가를 때립니다
귓불 빨갛게
엡니다, 싸하니!!

아침 매움이
아침 차가움이
법당에 촛불 켜고
아침 정진합니다
하얗게 시리도록!……

아침 한기가
아침 매운 매로
철썩철썩
참회 절 108배

아침 참회
아침 참매움
아침에 진참회
뚝! 뚝! 흘린 여운
법당 돌아앉은 빨간 이!

O 잘 살펴 갑시다. 찬 법당 진참회 아는 '내'
미소 참회.

입춘 부적을 나눠 줬다
형언할 수 없는 종이
형언할 수 없는 언어로
무필휘지 무언언하
누구도 손 댈 수 없는 부적

볼 수 없는 부적
줄 수 없는 부적
준 바도 없고 받은 바도 없는
한송뜰 부적

몰아낼 악도 없어
지킬 만한 선도 없는
영롱하고 영원한 부적
아낌없이 나눠 줬다
아는 이는 알 테니
아는 이만 받을 '부적!'

영험이란 무한대
값이란 무일푼 휴—!

찰나를 넘나든 부적
순간에 효험이 인다
한순간에 찰나를 넘은

볼 수 없는 부적
내만 줄 수 있고
받는 이만 아는 유일한 부적
찰나에 쓰고 순간에 효험
영원한 부적—!

입춘이라 전국을 휩쓴
이름 알 수 없는 부적
입춘대길 건양다경
옛 님 비타민 논했고
햇빛 찬란한 비타민 디(D)

입춘이라 맞습니다
건양다경 그 비타민 디

○ 잘 살펴 갑시다. 바름에 입춘대길 아는 '내'
미소 건양다경.

늘
늘 한 미소로
우리를 맞을 때
우린 늘 한 행복이
은하처럼 흐르는 삶

불상지언(不祥之言)으로
우리를 맞을 때
우린 화가 일어난다
들끓는 마그마 같은 삶

행복이 흐름에는 고요한 미소가 있고
불상지언에는 끓는 쇳물 같은 고통이

우린 불상지언 짓지 말자
우린 늘 한 아름다운 미소만
아름다운 윤택엔 늘 한 미소가
평화로운 행복엔 늘 한 사랑이!

○ 잘 살펴 갑시다. 불상지언 아는 '내'
미소 아름다운.

곁 드린

곁가지

곁 곁이란 말에

내 홀로를 본다

내 홀로이기에

굳이 곁이란 말이

곁이기에

그냥 바라볼 밖엔 " "

곁이라

곁이라? ~곁!

곁이란 말에

낸 홀로인 닐 안다. " "

곁이라……? ? ?……

" "곁!?

○ 잘 살펴 갑시다. 곁 홀로임 아는 '내'
미소 홀로.

한송뜰에
네가 나를 엮었다
한 두름에
밧줄 보이지 않는데

한송뜰에
내가 널 꿰었다
한 줄 우주에
노끈 보이질 않는데

한송뜰에
넌
나를 엮었다
엮인 줄 모르는데

난, 넌
꿰어 엮인 줄 모르고
넌, 난
욕심 채워 업통 만든다

채운다, 업통만
저만 모르는 일들
너 엮어 엮여
꿰어 꿰어진 난데

네가 아는 일
난들 모르겠나
엮인 한 두름인데
한 줄 꿰어진 한통속!?

쯧!~
쯧쯧"
한 송 뜰?!

○ 잘 살펴 갑시다. 엮여 꿰임 아는 '내'
미소 홀홀.

몸이 아프니 마음이 안다
마음이 괴로우니 몸 괴롭다
네가 아픈 것 내가 안다
내 괴로움 네가 안다
내인 내 이런 것
이러한 것
우린 이리 한통속!

잘 다스리자
너를 내를 우린 이러하니
쪼개려야 쪼갤 수 없는 내
너인 나
나인 너 낸 이런 내인 걸……
몸이 있어야 마음 있고
마음 있으니 몸이 있다
난 우주의 하나인 나
넌 한송뜰 하나인 나
함께라야 우주
함께라야 한송뜰(우주)!

모두여 행복하소서.

해시다
모인다, 모여든다
해시 정진 시간이라
어김없다
매일매일 해시
어김없다
매이매일 여리지 정진

모여 모인 진리의 선구자
진리의 횃불 환희 밝혀 간다

비록 모양이 없을지라도
모양 없을지라도 널 난 본다
본다, 난 널!……

봄 하늘 피어 피어난 곳
카일라스—
'우담바라 한송뜰'

O 잘 살펴 갑시다. 바른 수행 아는 '내'
미소 홀씨.

옛 님이신
남전선사께서는
평상심이 도라 하셨습니다

평상심?이~ 도라?
왜?~ 평상심이 도일까?
평상심이?
평상심은? 이 평상이?

모르겠다
평상심이 도인가 보다
모르겠다
졸린다, 그냥 쿨쿨하자
할 일 있으면 하고
곤하면 쉬고……
목마르면 물 마시고
그러다 배고프면 먹고

그렇게 살자
미소 지으며 살자

웃을 일만 생길 테니

웃다 보면 울 일도

웃을 일 될 테니까

평상심이 도라 하니까

그리 살자 내만이라도……

– 길이라니까' 남전 길 –

"평상심이?…… 도"(!)

⭘ 잘 살펴 갑시다. 평상심이 뭔지 아는 '내'

미소 일상.

정유년 음력 12월 27일
며칠 후면 구정이며 음력도 무술년을 맞이한다
삼년이란 한정의 날을 정해
헐어 쓰고 있는 날들이 어느새 7개월 정도 남았다

여러 친구들을 만났고
그 친구들과 함께 가는 길에
사연도 많았고 남은 기간도
얼마나 많은 일들이 있을지
아침 바람결에 흘어 보낸다
보낸다고 보내지지 않을 거고
안 보낸다고 머물지 않을 사
그 세월을 누가 이기랴!

한 조각 같은 우리네 인생
뜬 구름 같은 우리네 인생
왔으니 갈 뿐이다
그냥 그럴 뿐!

O 잘 살펴 갑시다. 흐르는 세월 아는 '내'
미소 흐름에.

선선해지자
선선한 삶이리라
다짐하고
다짐하며 걸어온 길

매~ 돌아가는 길
쇠털같이 돌아든 길
돌아가는 길
또 그렇게 잘 가자

적어도
올해 길엔 더 잘 가자
잘 가자~ 잘
오로지 잘, 자알~

◑ 잘 살펴 갑시다. 적어도 잘 아는 '내'
미소 잘.

모두가 잠든 고요
낸 또 홀로 고요에 든다
홀로 앉은 고요
적막하다해도
이보다 더 정막할까

아무도 없는 고요
텅 빈 법당엔 찬기가
홀로인 낼 감싼다
냉랭히 냉랭하라고

깊은 밤하늘 별들이
빼꼼이 들여다보는!
꾸벅꾸벅 졸지 않나 해서
초롱초롱 밝혀 새운다
초롱초롱하게 새워 새운 긴 밤

밤 그늘 하도 깊어
별 하나 박찬 떠오름
새벽 한 하늘이다

또 내 졸까 봐서……
찰나를 졸까 봐
순간에 졸까 봐서
하도 깊은 밤이라

애쓰지 않아도 되는데
졸 테면 졸게 하지
내 홀로 지들과 잘 가는데
비록 꾸벅일지라도
내 할 일 내 홀로 잘 하는데
내 홀로라 완벽한데
군더더기 없는데

밤 그늘 하 깊은 밤에

◯ 잘 살펴 갑시다. 늘 홀로임 아는 '내'
미소 깊은 .

그믐을 찾아가는 달
깊은 어둠 밤새 기다렸습니다
새벽에서야 눈 깜짝할 새
밝게 눈썹 그려 옵니다

그믐을 향하는 날에만
맑은 날에만
눈썹 가늘게 그려 청초히
새벽 하늘 지나 내게 옵니다

칠흑 같은 어둔 밤
별들이 맑게
초롱여 씻긴 까맘
그 까맘이 더 까말 적에
한 눈썹 가늘게 그려 온 님

그 새벽 서원 가늘게 담아
백일, 삼년정진기도
심중소구소원 성취
우리 모두 옳고 바름의 길로

함께 가길 서원하는 아침
한세월 이야긴 진참회 끝에
모두여 행복하소서!……

우리 뜰 우리 섬
우린 선우(禪友)
우린 하나 한 뿌리!……
다툼 없을 우린 한 뿌리
한송뜰 한 몸 한마음이어라
그저 모두 행복하길

음력 정유년 섣달
그믐 향한 날에 그믐달
실낱같은 빛마저 깜박 지울
그믐 향한 새벽 정진 끝에

◯ 아는 '내' 잘 살펴 가고자 하며……
미소 그믐달.

어젠 까치설날
오늘 우리 설날 구정
우리 민족 설입니다
하는 일
소망하는 일 순탄하게
이루어지소서!

오늘
미소 짓는 님 모습이
내 마음 녹게 합니다

부드러운 미소
고운 미소가
꽁꽁 언 마음 녹게 합니다

꽁꽁 얼어
얼음인 마음의 얼굴
분홍 미소 맑게 피웁니다

내 한 미소가

내 부드러운 미소가
내 고운 미소가
이 세상 맑게 꽃피웁니다
맑고
아름다운 세상 만듭니다
내 한 미소가~

무술년 구정 이 아침 세배
국운 융창하는 해
각 가정의 만복 이루는 해
모두의 행복이 흐르는 해
늘 건강하소서!

〇 잘 살펴 갑시다. 아름다움 아는 '내'
미소 행복이.

이번 생
긴 여정의 길
무엇을 위해 왔는가?
무엇을 위해 갈 건가?

긴 시름이
긴 터널이
길고 길어 긴 여정이란
말을 하게 된다

평범치 않았던 길
너무 길고 긴 여정
그래도 굴함 없이 걸은 길
걸을 수밖에 없는 외통 길

외통 길에 벗이
오늘을 있게 했고
오늘을 갈 수 있게 한다

벗과 함께 올핸

그 긴 여정의 햇살을 비출
그런 한 해이길 마음 다진다

가없는 길목에서……

O 잘 살펴 가자……( )…… 아는 '나'로
미소.

남도길
낯설어 설어도
가야만 했던 길
뭔가를 향한 걸음
알 수 없는 매화향 찾아
남도 땅 꼬막꼬막 뫼,
찾으니 그곳에 없었고
찾으니 그곳이었네!
매화…… 향
알 수 없는? "?"

땅 꼬막꼬막 뫼
뫼 꼬막꼬막 땅꼬막[3]
설게 내린 어설픈 눈
유리창 밖 작은 뫼 꼬막
눈발이
후박나무에 앉아 설렌
땅 꼬막꼬막 뫼 하얀
하얀 잎 선 땅꼬막

남도길 그리운 길
하얌 나풀거리는 은 세상
옛길을 2월인 오늘 본다
이월 길…… 옛~을…… "!"

○ 잘 살펴 갑시다. 옛길 아는 그 '내'
미소 매화향.

3   언덕배기

내 님들이 꾸벅 꾸벅
한 알 한 알 꿰었습니다
3000배
한 꾸벅 한 알에
다겁생래 제장애 소멸
알게 모르게 지은 죄 소멸
남을 시켜 지은 죄도 소멸
다가올 날에
알게 모르게 죄짓지 않길
남을 시켜서도 죄짓지 않길
두 손 모아 마음 모아
이와 같이 참회합니다
모두가 행복하길 바라며
이와 같이 참회합니다

나라가 평안하고
국운이 융창하여
우리 모두 건강하여
내 님들
모두 안락하여지이다

아름다움 속의 삶이길
한 꾸벅 꾸벅 108배 이은
1000배 잇는 3000배
묘각 선화 선묵 혜각 연우 도광
3000배 진참회 가뿐히
끝냈습니다
모두의 응원 덕분이고
복전이 있다면 우리 모두의
안녕을 위함에 바치겠습니다

어제 이어 오늘
무술년 정초 3000배 정진
이틀째를 맞이합니다
마의 이틀을 향한 3000배
잘 가겠습니다

모두여 행복하소서

◐ 오늘도 잘 갑시다. 아는 '내'와 함께
미소 삼천의.

3000배 끝에
고요히 내 가슴에 앉아 본다
잠시도 고요하지 않은 고요
늘 바삐 움직인다, 쿵쿵 쿵
쉼 없이 퍼 올리고 내린다
돌고 돈다

돌아온 듯싶으니
숨 돌릴 틈 없이 이내
앉지도 못하고 간다
내 작은 심장이 하는 일
매 시간 쉼 없이 돌아든다
돌아왔다 돌아가는 길

작은 혈관을 돌고 돌아
심장이란 집에 왔지만
잠시도 머물 길 없다
쉼 없다!……
이렇듯 세상사 도는 것
왔으니 가는 것이 이치

갔으면 또 오겠지
갈 곳이란 바로 여길 테니

고요히
고요함에 젖고자
내 작은 가슴에 앉아 본
내 하루일과 쉼 없이 도는
내 여기에 내 여기서
시작은 여기서부터
끝남도 여기서부터
여기?······
잠시 앉아 본?!······
여기?

O 잘 살펴 갑시다. 쉼 없음 아는 '내'
미소 쉼없는

약속
아무리 작은 약속이라도
허투루 하지 않는 사람
지킬 줄 아는 사람

지키지 못 할 거라면
약속은 하지 말자
빈 말은 하지 말자
작은 것을 소중히 여기자

내가 나와 하는 것이니까
자신을 위해서 한 약속
자신을 위해 꼭 지키자
남 배신하지 말자

하루 3000배 참회 절
진참회라 다리가 아프다
팔도 아프다
온 전신이 다 아프다
속 내장까지 다 아프다

남 속이려 하지 말자
나를 속이는 것이니까
남을 남이라 여기지 말라
내 수족으로 보라

한번 한 약속 꼭 지켜라
그것이 진참회다
꼭 지키는 약속으로
모두가 완성된 부처이길!

간절한 마음
3000배
오늘 나흘째 엽니다
12,000배 향합니다

모두여 행복하소서

○ 잘 챙겨 갑시다. 네가 나란 걸 아는 '내'
미소 진정한 •

3000배 참회 정진
나흘 지나 닷새째
오늘 2월 22일 목요일
3000배 수행정진 도반
어제 늦은 밤에 도착했습니다
스스로 3000배
하루 수행 약속한 날이라

신령스런 정진의 힘이
절 마당에 가득히 흐릅니다
밤하늘 별빛보다 더 찬란한
응집된 우주 힘이 반짝입니다
알 수 없는 이 힘
설명할 수조차 없는 미묘함
이런 미묘 속에 한송뜰
우리들 아침이 밝아 옵니다

작은 법당에 한송인으로
몸건강, 마음강건, 국운융창,
가족화목, 아름다운 세상과

여리지인 일체지 위한
참회 수행정진 절(3000배)
누구나 할 수 있지만
아무나 못하는 3000배
용기 있고 마음 확고한 사람만
할 수 있는 인고의 수행정진!

여기 모인 우리들은
이 공덕으로
모두의 안녕을 기원합니다
모두여 행복하시옵소서……

❍ 잘 챙겨 갑시다. 해맑음 아는 '내'
미소 늘 한.

나란
나 혼자만 살 수 없다
나란
공존 속에 살아간다
내가 있을 수 있는 것은
남이 있기 때문이다
남과 나는 한 뿌리 한 몸
우리 서로 상생하는
우주의 한 주역이다

함께인 세상
잘 어울려 삽시다
편애하지 말고
오른팔이 내 몸이듯
왼팔도 내 몸인 것처럼
나도 우주의 하나
너도 우주의 하나
그리 그리
서로 돕고 살아갑시다
언젠가 다시 만날 우리들

흩어졌다 다시 뭉칠 우리들
우린 우립니다

정초 수행정진이
무르 익어 '무루'에……
본지풍광 우리로……
환지본처 우리로……
우린 '무루'의 우리!……

○ 잘 살펴 갑시다. 정취 관세음 아는 '내'
미소 둥근.

먼저 길 가신 님께선
뻗은 다리
오므릴 수 없다고
하셨는데……

뻗은 다리
어찌해야 하나?
세월은 말없이 흐르는데

저 뻗은 다리
어찌해야 하나?
세월은 말없이 흘러 오는데

저 뻗은 다리
어찌해야 할까?
세월은 말없이 가고 오는데

부질없는?…….?? 만!

⭕ 잘 살펴 갑시다. 말 없음도 아는 그 '내'
미소 항상한.

마냥 걷는 길
벗이 있습니다

지금
터벅인 발
벗이 거듭니다

한마음
한 몸
한 걸음 한길

마냥 걷는 길
벗이 있어 거듭니다

길
벗이 있기에
걸음 거둬 갑니다

○ 잘 챙겨 갑시다. 벗…… 아는 '내'
미소 홀.

무술년
정초 길 위에서
무한한
한송뜰 바라본다
드넓어
말 붙일 수 없으니
표현이란 '멍청'……

거룩한 길
거룩히 가고자
함께한 긴 여정
함께 갈 긴 여정
그 여정의 길에서
거룩한 님이시길
마음 모아 보냅니다

올해엔
꼭 예경 받으시는
그런
한 해가 되시옵소서

거룩한 영원한 길
거룩한 님으로 빛
그 빛 발하는
올올 되시옵소서

⭕ 잘 살펴서 갑시다. 거룩함 아는 '내'
미 소 늘 한.

참이란 말이 없다
말이란 말을 만든다
말이란 업을 만든다
참이란 늘 함이다
늘 한결같다
한결같음이란
말끝에 놀지 않는다
말끝에 매여 있지 않는다

참이란
너, 나란 말도 없는 것
내 생각
내 견해로 판단하지 말라
내 생각
내 견해가 옳다고 할 수 없다
옳다고 내가 고집할 뿐이다
그렇다고
내 생각 내 견해가 틀렸다고
단정할 수도 없다

한쪽 견해에 치우침 없는
바로 볼 수 있는 '내'
그 내가 진정한 '내'다
그렇다고 아는 그 '내'
그 '내'로 살자
편협 편견 벗어난 '나'
바로 볼 수 있는 '나'
그 자아(나)로······ "!"

'본지풍광'

○ 잘 살펴 갑시다. 아는 나 나라고 아는 '나'
미소 환희로

봄 냄새가 난다
지루했던 겨울
난동 부렸던 겨울
지구별 정유년 내내
온통 난리 통이더니

이제 고요한 움틈이
양지 녘에 온다
길어진 날이
틔운다, 봄 씨앗을!

봄의 고요
개울 얼음장 밑에서
졸졸 일어나
햇살에 움튼다
움틈이 앞 다툰다

앞서려
설레설레 질
설레설레 발

봄 찾아 2월 뜀박질 뜀

봄
마당
봄바람이
향기 실어 나른다

우수가 지나가더니
훈풍은 봄 싣고
코끝에 앉은 매화향……
봄, 봄이라 '봄'

O 잘 챙겨 갑시다. 소소영영 아는 '내'
미소 따스히.

3장

불기 2562년 ● 봄

매화향
긴 골짝 흐르는
분홍빛 수줍은 향이
시냇물 졸졸 아롱져
사뿐히 하늘에
하늘 바다 봄 허공 향

향
매화향
분홍빛 봄 초길
네길
내길
우리 길 누리진 봄향기

봄
늘봄
봅니다 내 봄

돌아오지 않을 저 먼 길
2월이 떠나며 흘린 비
봄비
대지를 푹 적시며
삼월은 왔습니다

푹푹 젖는 땅
하룻밤 새 춘삼월이
내 맘도 푹 젖어
봄 삼월로

푸욱
푸욱 적셔진 맘
털끝 하나 젖지 않는데
3월 1일, 봄

푸욱 젖은 대지
한잠 자고 나니
젖어 꽃망울 맺는
춘삼월이

푸욱 적셔진 들판

눈 틔워 일어납니다

봄의 날개 달고

배시시……

봄비라 푸~욱

삼월 초길

춘삼월 앞세운 봄

2월은 긴 이월로…….""

O 잘 살펴봅시다. 봄. 봄이라고 아는 '내'

미소 봄.

내 어릴 적엔 구정이란 말로
한해 시작을 음력 절기로 했다
지금도 마찬가지지만
옛 시절엔 구정을 맞이하는
사람들 마음 몸가짐이 경건했다
정월이란 그런 기대 속의 달

오늘은 정월대보름
달맞이하는 날이다
초하루에 해맞이했다면
정월대보름엔 달맞이
가족 모두가 손잡고
어둠 밝힐 횃불 만들어
뒷동산에 올라 달을 맞는다

달맞이 휘이 휘이 하며
첫해 달님 오시는 길
맑게 밝게 횃불 돌리며
길 청소하는 민속노래
달맞이 휘이 휘이~~

동녘 산에 누런 황금 같은
둥근달이 떠오르면
마음속 소망을 간절히
뇌이던 시절 소박함

오늘 정월 대보름이라
어린 시절 떠올리며
모두의 안녕을 기원한다
나라는 고정관념
남이라는 편협한 관념에
우린 아수라장이 된다

나만 잘되면 된다는 생각
남이야 어떻게 되든……
그저 나만, 나만 한다
내가 오롯하기엔
남도 오롯한 존재
큰 우주적 차원에선
우린 하나이다
한 몸 한마음이다

그런 하나가 싸운다

욕심 부린다

올해 정월대보름을 맞아

우리란 걸 상기시키는 한 해

우리로 우리들로

상부상조하는 우리이길

마음 깊이 염원해 본다

그럼에

모두여 행복하소서

우린 하나입니다

한마음 한 몸입니다

O 잘 살펴 갑시다. 소소영영 아는 '내'
미소 보름달.

한잠에서 깨어 보니
까마득히 잊은 약속
잊은 적은 없는데
잊으려 하지도 않았는데
깊이 묻힌 약속이 흑진주로 나왔는지
아직도 까마득하다……

내 세상 중심은 난데
내 세상 중심 잡기 어렵다
몰라 빙빙 돌았기에 뱅글뱅글 돌렸기에
빙판에 팽이는 돌수록 중심 정확히 잡는데
낸 잡을 수 없다, 내 중심
하지만 잡아 보자, 내 세상 내가 중심 되어
중심은 내가 잡는다
치우침 없이 바로
똑바로…… '내가'!
기억 없는 길
기약 없이 길 간다, 낸!

○ 잘 살펴 갑시다. 흔들림 아는 '내'
미소 바른.

새벽 묘시
어둠이 조용히 걷힌다
늘 말없이
말없이 고요히 이루어져
모두와 함께 한다
우리 모두에게 한빛이다
다름없이
똑같이 밝은 빛으로 온다

우린 초목처럼
내만의
영양소를 섭취한다
고루고루 잘 섭취하여
영양이란 균형을 잡는다
우린 우주의 에너지를
그 기를 올곧게 받아
편협으로 쓴다
옳게 쓰면 좋으련만
바름 고루 나누는 이
보현보살로 살면 좋으련만

우리 함께 사는 세상인데

내가 소중하듯
남도 소중한데
우리 이런 하나인데
일심동체라는 말
우린 한마음 한 몸인데
같이 사는 큰 하나인데

뒤엉켜
아귀다툼하는
우리들 볼 때
가슴이 저민다
애닯다 애달프다
우린 하나이기에……

○ 잘 살펴 갑시다. 언젠간 소멸됨 아는 '내'
미소 참다움 ●

따뜻한 바람
한줄기가 지나간다
뭘 주려고
따뜻이 왔다갈까

바람이야
왔으면 갈 거고
갔으면 오겠지
어언 한 갑자 넘은 걸음

물레방아 갑자
먹고 자고
자고 먹고 부질없이
몸 채우고 비우는 동이

부질없이 맘
맨날 견주는 고민
견주는 고뇌 바람같이
생겨났다 사라지지만

허 공
허공 유심칩엔······
그려지고 그려 간다
욕량(欲量)이란 가없음······

바람돌이
돌아 돌아 몽롱한 '업'
가없는 세월 한순간
쾌활 쾌활 여긴 쾌활!

부질없음
영 원 불 멸
밤낮없이 쾌활, 쾌활
밝음도 어둠도 쾌활

꺼지지 않을 불씨
잔재 속에 숨어
애꿎은 부젓가락만 분주하네

⭕ 잘 살펴봅시다. 숨은 불씨 아는 '내'
미소 한량없는

고요가 흐르는 아침
은은히 휘감는 향기
코끝에 날아 앉는다
종이컵에 꽂혀진 꽃
법당에 올렸던 카네이션
지지 않은 몇 송이
버려질
종이컵에 꽂아 두었더니
빈방
홀로 가득히 채운 향기
향기로워
그윽하게 숨 가득 마셔 본다
깊게~
저 단전 밑 기해(氣海)까지……

향기에 담겨진 채
앞산 창 너머로 마주한다
떨어지던 빗줄긴
하얀 눈 잎이 되어 날다
하얗게 모여 앉은 눈 세상

하얗다

비록 잠시 후 녹을지라도……

하얀 눈 본지풍광

눈이야 지가 하얀 줄 알까

내만 널 하얗다 할 뿐이지

하얀 눈꽃

인연 따라 피고 지는 눈꽃

말이야 그냥 하 얀 눈!

낸 망상의 나래로

하얀 눈 잎 차 마신다

한 모금 바시락

내 만들어진 바시락

생명이 있기에 바시락

바시락…… 하얀

○ 잘 살펴 갑시다. 경칩이라 아는 '내'
미소 하얀

우수가
경칩이 지나가며
봄비 밤새우고
봄눈 하얗게 뜬 낮

봄비
봄눈
젖은 촉촉함
마음속 파고듭니다

길가
한 그루 매화
봄 기다림에
목말라 애태워 하더니

봄비
한줄기에
수줍은 분홍빛 미소가
하나 둘 피어납니다

매화향
긴 골짝 흐르는
분홍빛 수줍은 향이
시냇물 졸졸 아롱져
사뿐히 하늘에
하늘 바다 봄 허공 향

향
매화향
분홍빛 봄 초길
네 길
내 길
우리 길 누리진 봄향기!

봄
늘~봄
봅니다, 내 '봄'!

〇 잘 챙겨 갑시다. 매화향 아는 '내'
미소 향기로운.

아름다운 추억이 묻어나는 길
봄길
내 찾아가는
봄 내음 물씬 풍기는 길
그 길에
소녀로 길 따라오고
그 길엔
뭣도 모르는 촌 길섶
바위에 홀로 앉아 본 봄
철쭉에 모란에 꽃잔디에 난초에
꽃들 모랑 모랑여 웃던 날
길섶에 핀 하얀 찔레꽃
님 반겨 뎅그렁 뎅뎅~

하얗게 웃어 주던 풍경
늙었나
지난겨울 얼었나
햇살 진 아침이라 참새 짹짹이네
풍경은 바람 없어
허공 끝에 매인 잠 뎅그렁

햇살은 풍경 깨우는데
풍경 바람 오면 깬다 하네

진시는 햇살 밟고
사시로 가는데
돌쟁이 아직 이른 봄이라
홀로 오지 못하고
꽃피면 연등 밟아 온다 하네
아침은 밝았는데
진시 지나 사시로 가는데
마지 예불 언제 하려는고……

땡! 사시
추녀엔 살얼음 녹아 대롱
대롱
대롱…… 뚝!
새초롬한 인사 새초롬하게
늘…… 안녕~

○ 잘 살펴 갑시다. 오는 봄 아는 '내'
미소 봄 길목.

"

"

O 잘 챙겨 갑시다. 아는 '나'
미소.

한 마디
말인들 필요할까?

두 마디
말이 뭘 필요하겠나?

세 마디
더더욱……

오는 맘에 가는 맘이여!
가는 맘 올곧게 받으려면

내인 내 봄이 있어야 하리!

낸들 내를 모르는데
가는 마음
어찌 부여 잡으리!?……
'돌'

O 잘 챙겨 갑시다. 흐름 소소영영 아는 '내'
미소 넓은 맘.

봄눈이
푹 덮어 버렸다
새싹 키우려고
돋아나는 새싹
티 없이
맑은 세상 꿈꾸라고
하얗게——

뜰 앞 노송도
눈 감고 오는 눈 맞는다
하얗게 시도록 눈 감고
저리 낙락장송

어린 새싹 봄 키우려
한 잎 한 잎 맞는다
맞이함이 쌓여 덮혔다
하얀 할아버지 되었다

순수
순수하게 반겨오는 봄

눈 속 하얀 순수 먹는다
파란 하늘 맑은 꿈 날며

삼월 하늘 한 모금
축여져 삶 뿌리 짓는
한 한 한~ 이여!~ '한'
흰 구름 하얀 잎 꽃송이

봄
씻겨 봄
하얀 봄눈이

O 잘 살펴 갑시다. 눈 이라고 아는 '내'
미소 별.

한가한 오후
엊그제 내린 눈
비가 먹다 남겨지고
해가 먹다 남겨진 눈
삼월 꼬막 음지 잔설이
눈에 날아든다

굴뚝 떠나는 연기
저녁연기 모락여 짓는
날갯짓에 고향 닿는데
때늦은 기러기 바쁜 걸음
먼 고향 길 멀고 멀기만……

기러기
저문 연기 실은 날개
아쉬움 잔설 밟아
하룻밤 머물고픈 여운을
만리 고향 푸른 창천에
툴툴 터는 날개 재촉 재촉

따뜻한 온돌에 차 한잔
저녁나절 잔설 담은 눈
봄 꼬막 잔설
비가 먹다 남긴 것
해가 먹다 남겨진 것
어스름 길 꼬막 후미
잔설 눈 속에 담기는 고향

먼 길
고향 길
기 러 기…….“ ”!

O 잘 살펴 갑시다. 한가함 아는 '내'
미소 잔설.

아침 정진 마치고
조용히 뜰 바라본다
눈부시게 일어나는 해
내도 눈부셔 하며
'본다' 해?!……
모두가 부셔하는 아침
햇살이
앞서와 부셔지기에!……

지긋이
이어진 뜰
막힘없이 바라본다
한없이…… 끝없이!
햇살은 영롱하게 부서지며
내게 안긴다
내 품에 든다 '빛'

아침 정진을
밝게 웃으며 맞는 해
뜰 맑게 씻기는 해

맑은 뜰
밝은 하늘
빈틈없는 내들 옹골찬
너와 난
우린 나뉨 없는우리!

O 잘 살펴 갑시다. 편협 없음 아는 '내'
미소 향기

아기야!
순백의 아기
티 없이 맑은 아기
밝아 밝은 아기
온 누리 머금은 아기
네 세상 네가 여는 아기
연둣빛 물든 아기
봄 햇살에 고운 아기
아기야!
네 모습 푸를 아기야!

아기야!
세상 참봄에 태어나
네 풋풋한 향이 여리 히
네 그윽한 향이 여리 히
네 달콤한 향이 여리 한

아기야!
네 세상 아름다운 참봄
아기 해맑은 웃음 네 세상

봄 아기 아지랑이로 피어
아기 그 고운 여림
온 세상 아름답게 꽃피어
네 세상 향기 품은 아기야
우리 아기들 아기야!
봄 내 아기야!……

○ 잘 살펴 갑시다. 아름다움 아는 '내'
미소 아이

낸
그냥이란 말이 좋다

그냥
이유가 없어 좋다

이유 없이
그냥 그냥이 참 좋다

낸
그냥이란 말이 참 좋다

그냥
낸~~

⭕ 잘 살펴 갑시다. 오롯한 길 아는 '내'
미소 지은.

물듦 없다
어디에도 물듦 없다

홀로
홀로라 물듦 없다

물들 일 없다
그리 그런 세상이……

물들 수 없다
제 아무리 염색하려 해도……

어찌
어찌…… '내'를!

한 허공~

○ 잘 챙겨 갑시다. 봄 오는 것 아는 그 '내'를
미소 물듦 없는。

열린
유리창으로 들어온다
뜰 앞에 오리나무가

뒤뚱뒤뚱거리며
여린 새잎 연두 틔워
열린 유리창 뚫고 온다

봄비도
먹구름 뚫어 오는데
봄비에 큰다, 오리~나무!

병아리 없는데
오리조차 없는데
나무는 오리나무

오리 없음에
내 없음도 알았는가?……
낸 오리나무 나무라 안다

낸 내라고 안다
내 없음을 낸 안다
소소영영함 여읜 낸!

이러히
이러한 '내'여!!……

O 잘 살펴 갑시다. 오리가 나무 아는 '내'
미소 미소로.

새벽 백일기도 올리고
좌복에 앉아 본다
고요타 고요해
참새 소리 마저 고요타

심히 고요해
심장 소리도 고요하다
고요한 적막
쉴 새 없이 감도는 고요

고요에 푹 빠져 본다
까치도 고요하다 깍깍
진달래도 연분홍 고요
개나리도 웃는 노란 고요

새벽
맑은 정진
밝은 고요
봄 향기 번지는 내 고요

고요한 앞뜰

두렁논엔

개구리들 개굴개굴

봄 논 뜀박질 뛰는 고요

참 고요타!

'참'……

○ 잘 살펴 갑시다. 고요함 아는 '내'로
미소 고요。

쉴 줄 모르는 소리가
봄을 마음에 심습니다
한줄기 한줄기 심긴 봄비
아련한 옛길 젖어 옵니다

아련히
빗속에 젖어든 예가
가슴에 쌓여
훗날 예 만드는 오늘

내리는
빗줄기 맘 깊음 내
내만의
우담바라 필 시림이!……

냇가 버들강아지
보슬 깨어 내리는 비
만물이 차가워
기지개 켜며 일어날 내들

봄비

님! 지금 거스르는 날

님이여

오늘은 봄비 되시옵는 날

님은 봄비!······

늘~

모두를 사랑한다는······

늘 한 님은 늘~

○ 잘 살펴 가십시다. 머묾 없음 아는 '내'

미소 흐른

어디서
어떤 환경에서
숨을 먹고 사는지

어디서
어떤 환경에서
물을 먹고 사는지

어디서
어떤 환경에서
무엇을 먹고 사는지

무엇을
먹었는지 식생활에 따라
건강 상태가 달라진다

우리의
한생각이 행동을 만들고
만들어진 모든 행동이
미래의 자기 삶이다

좋은 일 했으면 좋은 일
나쁜 일 했으면 나쁨이
길목에서 기다리고 있다
피할 수 없는 외나무다리

우리 솔직하게
진솔한 우리 됩시다

한결같은 삶이고 싶거든
바른 생각 옳은 생활로
내 삶 꾸려 가자
내 삶에
최고의 가치를 심고
최고의 심성을 먹여 주자

❍ 잘 챙겨 갑시다. 미움도 허공 속 일임을 아는 '내'
미소 맑은.

말도 많다
내 홀로 길에
뭣이 걸릴 게 있다고

탓도 많다
내 홀로 길이
뭣이 걸릴 게 있다고

말도 없다
내 홀로 길
한구석 걸림이 없으니

탓도 없다
내 홀로 길
한 하늘 걸림 없으니

말도
탓도
내가 있어 생겨난 것

말도
탓도
내라 할 만한 게 없기에……

낸 간다
내 길
그냥 간다

낸 간다
내 길 내 홀로 길
내 홀로……

O 잘 살펴 갑시다. 남 탓 내 탓 아는 '내'
미소 항하.

3월 21일
눈이 많이 온다
북풍한설로 온다
옛 피난살이 길
어렴풋 주마등 된다

춘분날
휘몰아치는 한설
눈
춘설이라야 하는데
한설이다

춘분날
북풍이 한설로
춘분 고요 갠다 하얗게
휘몰아치는 눈발에
바람도 감겨 운다, 펄펄!……

O 잘 챙겨 갑시다. 춘설이라 아는 '내'
미소 하얀.

폭설같이 퍼붓던 눈
까만 밤 하얗게 지새고
새벽 열었습니다
하얘~ 밤도
지가 밤인 줄 모르고
하얘진 춘설이 내린 밤
밤새 오던 눈도 멈추고
쌓인 눈이 한껏 폼입니다
폼이란 그저 하 얄 뿐!

하얀 멋이 제멋입니다
밤새운 하얀 눈
하얗게 눈 뜨고 새운 밤 끝
그 새벽 낸 찬 법당에 앉아
고요한 삼계에 듭니다
삼계에 두루한 앉음입니다
찬기가 몸속 파고듭니다
추운가 봅니다 한설이
내 작은 품 파고드는 걸 보면!

찬기 품어 안고 진법에 앉아
아침문자 모든 부처님 전에
올리는 시간 06시 10분 전
한 자 한 자 적어 준비합니다
모두의 영원한 행복을
어제 내린 눈, 봄 설경 한 컷과
님들 전에 보내려 합니다
새벽 이 새벽을 보냅니다

참 감사한 하얀 춘설 '봄눈'!
낸
봄눈 봅니다, 하얀~ 봄눈!
·······."   "!

O 잘 살펴 갑시다. 봄눈 아는 '내'
미소 봄눈.

눈에
봄이 듭니다

개구리는
귀에서 뜁니다, 폴짝!

봄 향기
코에서 춤추고
봄 물결
보리밭에서 속삭이며
육문
열어 들고 나는 속······ '!'
내가 '봄'
봄이 '내'······ " "

에고야!
에고······ '!'

○ 잘 챙겨서 여리지에 뭘? 아는 '내'
미소 에고?

네가 그리 가겠다면
보내 주리라
아쉽기도 하지만
보내 줘야지 어쩌겠노……
고맙다! 내 사랑 '이'

네가 있어 내 완전했는데
널 보내도 낸 완전하리라
내 사랑 왔다 갔어도
너와 난 하나니까
날 두고 갔었어도
부처님 손바닥 안에 있으니
넌
영원한 내 사랑 '이'로 남으리
그 이름으로 왔다가
그 이름으로 간 '이'

참 고맙다!
내 사랑! 이야~
네가

오늘 내를 잊지 않게 하고
넌 그리 갔구나
내 사랑으로 남으며……

그리, 그리 갔구나
너 그렇게 허융담박에……
허융담박
낸
널
또
이런 허융담박에 든다
이러히!?
내 사랑…… 이로!

'허 융 담 박'!

⭘ 잘 살펴 갑시다. 내 사랑 이 아는 '내'
미소 출가.

뜰 앞에 나무 홀로
노랗게 꽃피워 비를 맞는다
산비탈 벼랑에 떨어질 듯
아슬아슬 긴 겨울 버티고
꽃 빗물 머금어 흘리는 노랑

얼핏 보면 산수유 꽃
설핏 봐도 산수유 꽃
자세히 알고 보면 노란 생강나무 꽃!

진달래보다 먼저 개나리 손잡고 핍니다
노랗게 생강나무 꽃은 일명 개동백 꽃입니다

흰 산 접어 보내고 노랗게 물 물고 옵니다
생강나무 꽃 봄 산 만듭니다
앙상한 나무 물빛 촉촉일 때
노랗게 봄 피운 생강나무 꽃

생강나무 꽃이 노랗기에
내 마음도 노란 아가 됩니다

아가 걸음 눈 걸음은 산길
아지랑이 따라 아장아장

생강나무 꽃 노랗게 펴
봄 마음 설레는 노람
맘 길에 길섶이 햇노란 봄
봄 산 햇노란 병아리 꽃
일명 개동백 꽃 노랗습니다

개동백 노란 아기 웃음이 산천에 흘러 감돌면
연분홍 진달래꽃 봉긋 세월 길 사월 길
길섶에 앉아 화전놀이

생강나무 노란 꽃
빗물 물어 토하는 날
산수유 닮은 생강나무 꽃
노란 빗물에 내 적시어
빗길인 꽃길 갑니다

○ 잘 살펴 삽시다. 진실한 소소영영 아는 '내'
미소 꽃길이

왔다간 흔적
그 흔적이 운다
피눈물로……

사랑이 올 때도
아픔을 주더니
갈 때도
또한 아픔을 남긴다

아픔……
흐르는 피눈물
하루 지나
이틀도 지나려 하는데
멈추질 않는다

사랑이 떠난 흔적
깊게 패여 고인 피눈물
이별에
흘리는 피눈물에서
함께한 고마움을 본다

삼일 지나면 떠나감에
이별의 피눈물 멈추겠지
홀로 그리 아리랑 길이겠지
일주일이면
본래 없었던 사랑이
흩어짐에 본질로 갔으니
언젠가 뭉침으로 오리라

그때도
또 그리 오고
또 그리 가려는지?……
음~
그러함이나 알려는지?

❍ 잘 살펴 갑시다. 오고감 초연함 아는 '내'
미소 오고감에。

노란 생강나무 꽃이
노란 개나리꽃이
마중 나온 길엔 진달래
곱게 피어 활짝 반깁니다

어서 오라 앞선 걸음은
길 산뜻이 챙겨 들고
노란 주단 노람 펼쳐
어서들 오라합니다

앞다툼 없이 정연하게
정연한 모습으로 옵니다
봄길 들녘에
봄길 산 가을에 듭니다

창연한 하늘 가르며
사뿐 걸음 봄 총총총
가지에 피고
소리에 피는 봄 개울물

어느 샌가 성성적적(惺惺寂寂)

성성적적으로 온 길엔

공적영지(空寂靈知) 그 핌이

봄 하늘 가득한 허융담박

낸

허

융

담 박!

○ 잘 살펴 갑시다. 공적영지 핌 아는 '내'
미소 담박.

아침이다
움직임에 피로했던 너
네 피곤 재워 충전한 아침
널 바삐 부려 한층 단디케
하려 아침이 그리 왔다

뒤 대나무 숲엔
어느새 봄 새가 터를 잡고
텃새 참새와 마주한다
이 아침 노래는 일어나라고
주저하지 말고 일어나라고

나래 펴 숲 사이 폴폴 날며
꾸러기 흔들어 깨웁니다
깨어남
우리 모두 깨어난 여리지
여량지 길 어서어서 가자고

여량지 그 길이길!
오늘도 간절한 마음 길!

너와 나 우린 일체유심조 길!
한맘 한 몸이란 걸
깨어난 오늘이길 간절한…… 길

오늘 3000배 도반
한송뜰에 모여
모두의 깨침을 기원합니다
모두의 행복을 발원합니다
모두여 어서 일어나소서……
모두여 어서 깨어나소서……
모두여……

O 잘 챙겨 갑시다. 소소영영 아는 '내'
미소 깨인

밤 그늘이
소리 없이 좌복 위에 앉아
엶음에 든다
밤새들 불침번으로
밤새워 잠 깨운 묘시
새벽이라고 아침 새들
푸른 대숲에서 지저귄다

조용한 아침 산하
내 그늘에 잡혀 앉아
법당 마루에 참선 중인데
산하 엶은 미소 띠며
밝음에 깨어 맑음에 든다
고요한 향훈에 핀다

먼 산 밤 그늘 잠잠히
잠자러 가는 이 새벽
내 그늘에 잡힌 산하 꾸벅일 새 없이
아침은 찰나 밟고
어둠 열어 오는 인시

법당 마루에 앉은 밤 그늘
밤새운 까맘 먹고 맑은 님
까만 밤 어둠 먹고 밝은 님
미명 향기 타고 번지는
아름다운 아침
밤 어둠 찾아 떠난 아침!

새벽 좌복 위에
너도 앉아 참선
내도 앉은 좌선
하늘
우리
한송뜰 새아침!

'참'

석존의 열반 기리는 날

O 잘 살펴봅시다. 열반재일 아는 '내'
미소 늘 푸른.

여기
저기 틈만 있으면
작은 새싹들 쏙쏙 올라온다
자양이 딱 맞은 꼭 그날에
쏙쏙 어둠 뚫고 나옵니다

푸른 날개
푸른 꿈 신고
봄 하늘 봅니다
푸른 하늘 맞잡고
드넓은 뜰 한송 마당을
아리 아리 아리랑 길섶
마당 지어 옵니다

봄 새싹들
봅니다, 푸른 하늘을
만듭니다, 푸르른 뜰을
한겨울 그냥 한 대지였는데
봄이 오니
제각기 성품 따라

제각각의 모습이 생겨납니다
분명 아무것도 없어 보였는데
인연 절기 따라 태어났습니다

이러함에 텅 빔을 봅니다
이러하기에 한 허공 봅니다
너
나 묻혀진 저 허공을 봅니다
허공을 봅니다
보는 이는 어디에?······

○ 잘 살펴봅시다. 보는 이 아는 '내'
미소.

어두워
법당에 촛불 밝히고
내 마음에
참성인의 말씀으로
마음의 불 켠 새벽!

실낱 같은 소소
실낱 같은 영영
참성인의 말씀으로
한 자루 초처럼
마음의 불 밝혀 간다

조금씩 밝아져
어둠 밝아진 아침
타는 심지에 몸을
녹여 밝히는 촛불
여린 맘엔 소소
지금 이 자리엔 영영!

어스름 맘에

참성인 말씀 스며 오면
향기로운 세상
온 세상 맑게 밝게
온 세상 묘한 신비로
아름답고 평화로운 세계

동트는 새벽기도 정진
몽롱한 시작에서
밝은 아침 햇살처럼
몽롱 깬 환!
둥이여
돌아옴이여
밝고 밝음이여!

소소영영 뉘 말했는고
소소영영이라고
소소영영을!⋯⋯

◐ 잘 살펴 갑시다. 촛불 밝음 아는 '내'
미소 성성적적.

인연의 과업
다시금 생각게 한다
옷깃만 스쳐도 인연이라
옛 님들 말씀하심에
옷깃만 스치지 않으려 했던 날
그날들은 그렇게 보내고
오늘에 날 본다
요즘엔 악연이라도 있어야
구제 될 수 있다고 하신 말씀
석존의 거룩한 말씀에
작은 인연도 소홀하지 않게
지내 오고 맞이한다

어차피 우린 하난 걸
작은 이곳에서 만나
이렇게 나누며 살아가는 걸
네가 있기에 내가 존재하는 걸
내가 있으므로 네가 존재하는 걸
우린 그런 걸
우린 그리 함께 영위하는 걸

소중한 나의 인연들께
늘 감사하며 사랑한다 말한다
나의 소중한 한쪽들이기에……
늘 행복을 바라며
행복한 사랑(존중)이 흐르길
마음 모아 보낸다
나뉠 수 없고 나눠지지 않는 우리임을 알기에
늘 한 사랑을 맞이하고 보낸다

때론 서툼에 일그러질 때도
그 속엔 무한 사랑 가득하다
사랑하기에 이 세상 아름답다
원수도 나의 일부분임을 아는
그런 하루가 되고
영원히 지속되는 우리 됩시다
늘~ 사랑한다 말하며
인연의 과업을 맺는다
다른 내여 행복하소서

○ 잘 살펴봅시다. 모든 것 소중함 아는 '내'
미소 핫하게

어느 하나 소중하지 않은 것 없다
삭막했던 저 들판은
이름 모를 님들의 집이었다
우리들의 집 내 품 안이다

선조 때부터
이름 있는 님도 있고
이름 없는 님도 있다
이름이야 있든 없든
모두 한껏 어우러진 뜰
저 넓은 뜰은 만물의 시원이다
없는 것이 없다
존재 무존재가 함께인 시원
나도 있고 너도 있고 애도 쟤도 있고
이름 모를 님들도 수두룩하다

자연 패임 땅 그릇엔
한 사발 호수가 고요하고
한 줄기 강물이 바다를 이룬다
패임이 만든 움푹한 모양이

각양각색이라 담겨진 물들도
그릇 따라 모양새 제멋이다

썰다만 시루떡 모양 암벽
쌓다만 탑 모양 바위너설
둥긋 둥긋 꼬막 같은 땅꼬막
제멋대로 흘러내린 화산재들
제멋대로 솟은 용암줄기들
굳어진 모양 모양들이 살고있다
그 모양에도 이름이 있고
이름 모를 님도 있다

저 들판 저 드넓은 뜰
뜰이란 순수 우리말로
넓어 아득하여 끝이 없고
모든 것을 품고 있다는 뜻이다
모든 것을 품어 드넓음에 갈무리됨이 뜰이다
그 뜰은 하나로 통한다
한통이다 한통……
나뉘고 갈리지 않았다

그냥 하나인 한 뿌리 한 몸이다
나란 작은 세포로 배역을 맡고 있을 뿐이다
그래서 우리다 우리!⋯⋯

그럼에 우린 세존이다
우리가 세상의 존귀한 님
누구 하나 뒤처짐 없는 제일로
나와 남이 존중된 세상이니
인과 아가 하나인 세상
오롯한 내로 살아가자
옳고 바른 오롯함으로 살자

석존의 말씀
"천상천하 유아독존"
우린 독존이다
단 하나 밖에 없는 독존
홀로 존귀한 내 님 그 내 님
존귀한 홀로로 만듭시다

○ 잘 살펴봅시다. 너와 나 우리 아는 '내'
미소 존귀.

오고 오고 왔다
어딘지 모를 그곳에서
하염없이 걸어 왔고 가고 가고 또 간다
하염없이 걸어 간다
걸어 온 길에 길섶들 옛길로 님 초로한!……

주룩주룩 내리는 빗소리에 앉아
어디로 가는지 가는 곳이 어디멘지—" "
앞산 휘어 오르는 안개에 슬며시 싣고 하늘 나라 간다
하늘 나라 간다, 아침 안개랑

한가해 보이고 한가한
하얀 안개에 앉은 낸 하늘 비
하얀 안개 오른다 실비 되는
실비 한 가닥 머금은 대지가
만물을 기른다, 촉촉이……

'비 오는 날 아침 낸 하늘 비!'

❍ 잘 살펴 갑시다. 비를 비라고 아는 '내'
미소 빙긋.

고요한
고요함에
들고 싶어들 한다
진정한 고요란 뭘까?
진정한 고요란
시끄러움을
그대로 아는 거다

시끄럽다고 아는 것
아는 맘은
고요함이나
시끄러움조차도
한시도 쉰 적은 없다
늘 그런 고요다
늘 그러하게 알고 있다

안다
모른다 말을 여읜 그 자리
그 자리엔 늘 소소영영
늘 성성적적이다

늘 그 자린 공적영지요
늘 그리 본지풍광이다
늘 올올한 그 자리
그 자리가 고요인 것이다

내인 내가
그렇다고 아는 그 자리를
고요다 적적이다 말한다
말이기에 그렇다!

O 잘 살펴봅시다. 고요한 내 아는 '내'
미소 고요한.

날이 밝았다고
온갖 새들이 목청 울려 오니
신선한 새벽 공기가
날이 밝아 온다고 날고 있다
공간을 누비며
신선한 상쾌 배달한다
싱싱하다 새벽 이 하늘가

조용한 흐름 속에 숨은 낸
살갗 녀석에게 알아보라 하고
코 녀석에게 마셔보라 한다
눈 녀석에겐 지긋이 하라 하고
귀 녀석에겐 고요히 스미라 한다
맘 녀석은 그 속에 숨어 있다
가만히 앉아 여섯 놈의 놀음
바라보며 느낌 한 모금 마신다
만발한 봄꽃 향기에 숨어서

날이 밝아 온다고
온갖 녀석들 부산한 새벽

법당 안 내 님만 고요타
흐르는 바람 속에 묻혀서
　　　～～～
가만히 내 님 녀석들 본다
맘 녀석 하는 일이란 이렇다
이렇다~
날이 밝아오니
맘 녀석 잔치 마련 중이다
고요한 아침 잔치 준비 중에

땅 깔고
하늘에 앉아 유세한다
홀로 존귀하다고
홀로 존귀한 우리라고……
우뚝한 홀로 잘 챙겨서
명품 되잖다…… '유아독존' 품

◯ 잘 살펴봅시다. 날이 밝아온다 아는 '내'
미소 훗。

새벽 불전
찬기가 서슬이 퍼렇다
어둠마저 그 서슬에 밀려
과거 속으로 날래 간다

찬기 싸한 법당에
촛불 하나가 어둠 지킨다
내리는 빗줄기를
깃털 하나로 우산 삼아
밤새운 새는 아침이라고
시린 목소리로 우짖는다
아침, 아침, 아침~ 이라고

소소영영한 내 님은
벌써 하나가 됐다
빗소리, 새소리, 촛불, 찬기와
만난 인사는 콜록콜록
법당 안 내 님은 옛 님
언제나 한결같은 님
님이시여!

하나임을 알게 하소서!
우리 모두가 하나란 걸
우리 모두가 알게 하소서!

님이시여!
이 세상은 모든 존재가
하나로 이루어진 뜰이란 걸
하나로 이루어진 바다란 걸!
하나로 이루어진 한 허공인 걸
허공이 하늘이란 걸
이 아침에 알게 하소서!

'상생인'
서로 돕는 아름다운 세상
우리 모두가 평화롭게
행복 노래하게 하소서
청아한 내들이게 하소서

○ 잘 살펴봅시다. 일체유심조 아는 '내'
미소 어우러진.

오늘도 어김없이
찬 법당에 앉았습니다
이유는 단 하나
우리 모두가 행복에 이르길
그 길을 다지기 위해서입니다

우린 나뉜 적 없는 하나
서로 도와 어우러진 하나
이 세상
아름답게 고운 말하고
이 세상
아름답게 고운 모습으로
이 세상
아름답게 내들 꾸미는 삶을
아름다운 세상은 우리들이 주인

너와 내가 한 뿌리임을
자각하는 그런 날 어서 오길
촛불 밝혀 옛 님 전에 앉아
예와 현실이 끊인 적 없음을

우리 모두가 알기를 기원하며
마음 밝혀 무지 거둬냅니다

법당 밖엔 바람 소리가 먼저 일어나 예불하니
일어난 새들도 덩달아 예불하는데
낸 좌복 위에 연꽃좌 하고
여섯 시 문자 시간 기다립니다

차디찬 법당에 앉아서
기다리는 고요 속엔
세차게 부는 바람소리가
어서 가잡니다, 니르바나로!……

다툼 없는 마음으로
행복한 우리들인 여리지
어서어서 이르자 합니다
우린 한 가족이라 합니다
우린 우리라 합니다

○ 잘 살펴 갑시다. 우린 하나란 걸 아는 '내'
미소 미소로.

수선화 곱게
척박한 곳에 피었습니다
엄동설한에 묻혀서
없는 듯 쉼의 시간 지나
따뜻한 햇살에
기지개 켜 푸른 잎에
곧게 세운 노란 웃음이
꽃말처럼 자애롭습니다
자존과 고결함이 한층
봄의 신비를 자아냅니다

수선화 곱게 핀 아침
이슬도 내려 영롱함을
꽃잎에 그려 냅니다
노란 햇노란 웃음
보는 이 마음도 햇노래
보슬보슬 젖어 감깁니다
지긋함의 앉음입니다

노란 수선화 어여쁨

내 노란 맑음 햇노래
만지면 으스러질 듯이
여리, 여리 여림이
바람결에 흔들립니다
노랗게 하늘하늘 한껏
자태 낸 노란 수선화

맑은 물 자애로 빚어
신선한 신비 머금어
고결히 피어 봄 깨웁니다
수선화!
수선화 고운 아이 곁에
곱게 단장하고 왔습니다
수선화!

⭕ 잘 살펴봅시다. 그렇다고 아는 '내'
미소 고결한.

속속들이 찾아 봤습니다
없습니다
내 어디에 있기에
찾아도 찾아도 없는지?

없는 놈이 내 할 일 잘 합니다
없는 놈이 낱낱이 압니다

볼래야 볼 수 없는 내
없어 보이지 않는 '내'
보이지 않는 님
아니 없는 곳 없이
소소영영 두루한······ '이'!?

깜깜합니다
그러나 압니다
두루한 님 두루하기에······
'아는 놈은 그런 줄?!······?'

○ 잘 챙겨 갑시다. 없다고 아는 '내'
미소 해맑은.

꽃이다~ 아!~
봄꽃~~
예쁘다
꽃이 웃는다
꽃 보며 내도 웃으며
향기 고운 봄 세상 본다!
그냥 웃는다^^
꽃이라 예쁘기에
향기롭기에 활짝 폈기에
웃는다, 활짝

염화엔
그저
미소로!
그저
그러한 활짝!
염화라!
짓는 미소!!

⭕ 잘 살펴 갑시다. 활짝 핌 아는 '내'
미소 염화.

한가해서
한가한 틈에도
모두가 정연합니다
어찌 저리 정연할까요
바라보는 눈엔 꽃들이 정연
들리는 귀엔 아침 새들이 정연
좌복 위에 낸 아침 느낌이 정연
이리 정연할 수 없습니다

맑은 이 아침에 노래들
곱게 피어나는 연둣빛
각양각색 꽃들 색색 푸른 뜰
곱습니다
여리합니다
보송보송 아가들이
노란 아가들이
연연히 자라납니다
피어납니다
아름답습니다

피어난 꽃들이

피어날 꽃들이

바라보는 이들 마음이

참 아름답습니다

자연의 아름다움

자연적 고운 맘 우리들이

우리들 고움~ 한 자락이

날아 창공이 푸릅니다

'내' 하얀 마음 됩니다

사월 십삼일 아침

아침 새 지저귀는 속의 고요!

⭕ 잘 챙겨 갑시다. 늘 한 마음 아는 '내'
미소 상큼한

짙게 깔린 먹구름이
어둔 밤 어둠을 지운
쉴 새 없는 움직임에
먼동이 터 오르는 새벽!

구름 속 밝음이
구름 속 맑음이
한줄기 눈물
한줄기 빗물 뚝뚝뚝!

밝음을, 맑음을
가리다 가리우다
못이겨 웁니다, 뚝뚝뚝!

이제부터 시작인 빗물
하루 종일 오려나
짙음이 짙어진 어스름
차가움으로 내게 옵니다

춥습니다

항상한 님도 서쪽 갔다
아직 오지 못한 좌복 위가
찬 재 되어 내를 덮고 있습니다

어둠이 쉬이 거치지 않는
새벽 새들도 숨죽인 토요일
늦잠이나 자게
꿀잠이나 자게 하지!……

눈치 없는 장닭 꼬끼오~
목청껏 웁니다
새벽 도량합니다
먼 산 장끼도 덩달아 꿩 꿩!……

어둠이 쉬이 가시지 않는 새벽
불씨 찾아
찬 재 속 뒤지는 님
불씨 찬 재 여며 붉은 앉음!

O 잘 살펴 갑시다. 어둠을 어둠이라 아는 '내'
미소 늘 그러한

피곤했나 보다 일어나라고
내 친구가 알람 알람했는데
곤해서 꺼버리고 쿨쿨했다
쿨쿨에서 깨어나지 못하니
아침 새가 알람 알람하며
창문 넘어 와 있다

사래긴
아침 기도 언제 할 거냐고
지지배배 꿩꿩 숲속
아이들이 다 모여 왔다
귀찮다는 내 일으켜
빈 속 따끈한 물로 채우고
긴 사래밭에 앉았다

쟁긴 목탁과 요령
금강경 수능엄신주 108배
씨앗은 우리 모두의 축원이다
이 세상 법계가 하나인 이치를
아는 우리들 되자고 한다

손잡고 다정히 가자고
으르렁 거리지 말고 가자고
어차피 우린 한 몸 한마음이니까
그리 살자고…… 한다

참답게 살아가자고
네가 내가 하나인 것 알자고
이 아침 노래한다
비 그친
이 아침 쾌활 쾌활하다고!……

⭕ 잘 살펴 갑시다. 하나인 우리 아는 '내'
미소 상큼.

어둠이
희나리 되어 갈 채비하라고
뒤뜰 신우대 숲에서
친구들이 부산합니다
부모님께 물려받은 소리
저마다 목소리는 내라고
나라고 내 기억하라 합니다

직박구리, 멧새, 꿩, 비둘기
비비새 이름 모를 새들의 집
대숲에 아침이 그리 밝아 옵니다
어둠이 희나리 되어 갈 채비에
밝음을 맞이하는 숲의 이야기
한바탕 예술제입니다
총망라 예술이 빚어진 예술제
한송뜰 마당에 탄생 됩니다

삶의 장이 열립니다
작은 죽순도 움트려 기지개
쑥들도 쑥쑥 자라나고

영산홍 붉게 피고
철쭉도 진분홍으로 고운데
매발톱꽃 보라 웃음에 하얀 속
조록싸리, 조팝도 하얗게 피어
아침, 아침 맞이합니다

저 마다 노래로 뜰 가득 메운
아침의 향연에 초대된 '낸'
뒷짐 지고 한송뜰 거닙니다
지긋이 눈 뜨고 귀기우려 음악 감상합니다
볼에 향운이 상큼히 닿아 감쌉니다
자연이 주는 예술제 살아있습니다
역동입니다
주저하지 않습니다
멈춤 없습니다
살활자재합니다

'이 아침 본지풍광에 젖어든'

○ 잘 살펴 갑시다. 봄 축제마당 아는 '내'
미소 봄의 향연

일상
끝없이 이어진 길
그 길에 무한 반복의 날들
그 무한 반복 속에 오늘
여전히 새벽에 눈 뜨고 새벽 맞으러 나왔다

할 일이야
목탁과 요령, 금강경
수능엄신주, 백팔 대예참인
호미로 김매는 일이다
번뇌의 탐 · 진 · 치 삼독의
사래 긴 밭을 호미로 뽑는다

사래 긴 밭에 동무들 많다
하나하나가 소중한 님들
각자의 소임 혼심(魂心)을 다한다
우린 혼신을 다한다
뜰에 친구들 여전한 솔(soul)
아침이 열리는 하모니
아로~히 가슴속 파고든다

저리 아름다운 합창들 저 많은 아이들의 소리가
한 귀에 들어 한마음이 듣는다
우린 하나라 한다
우리들 노래 모두의 소리
소소영영 한꺼번에 듣는 건
우린 하나이기에
우린 한 몸 한맘이기에 가능한 일이다
하나이기에 그렇다!

이런 세상 이치 알아서 다툼하지 말자
자기 몸 자기 맘에 생채기 내지 말자
우린 이런 하나다
서로 돕고 웃으며 살자
새들에 노래 청아한 새벽
홀로
내 소리들
내 듣는 아침
'솔~ 청량한'

○ 잘 챙겨 갑시다. 우린 하나란 것 아는 '내'
미소 한마음.

2562. 04. 19. 목요일

하얀 순수 찔레꽃
길 가에 늘여 피울 날 오월
오월이 오기 전 왔습니다.

어제 왔습니다
파란 찔레꽃
새파란 마음 활짝 피어……

고운 결 파란 찔레꽃이
여린 가시 듬성듬성
파란 맘 담아 왔습니다

세상이 푸르릅니다
맑은 하늘 파란 세상이
손잡고 갑니다, 세월 길

한송뜰에 핀
영산홍도 반겨 하고
보랏빛 붓꽃도 반깁니다

한송뜰인 숲에 친구들
온갖 노래 부릅니다
님 반겨 맞는다고!……

모두 모두 반겨 맞습니다
파란 찔레꽃
파란 마음 파란 하늘을……

참 파랗습니다
님인 찔레꽃
영원할 파란 찔레꽃!

○ 잘 살펴 갑시다. 가슴에 피는 꽃 아는 '내'
미소 풋풋한.

잠든 털 고무신 억지로 깨워
도랑을 돕니다
또박 또박 소리가 들립니다

일 년 내내 털 고무신이
이른 새벽 한송뜰 마당
또박또박 걸어 살아갑니다

오늘 따라 유난히
또박또박 거니는 집중
봄의 소리 새소리 멈칫합니다

털 고무신이 걷는 소리에
일 년이 쇠털 같은 나날이
흘러갑니다, 세월 구름이……

털 고무신 또박이는 새벽
먼 산 십만 리에 구름 일어
촉촉하게 오월 마중하는 날

한 잎 한 잎이 사월 배웅
어여쁨이
하늘하늘 닿는 오늘입니다

아~!
갑니다
털 고무신이 갑니다

세월 속에 묻혀 갑니다
또박
또박 시절 안고 갑니다

무술년
사월이~
갑니다~ 갑니다!

O 잘 살펴 갑시다. 이른 새벽 주절주절 아는 '내'
미소 푸르른 날.

맑은 아침이다
맑은 님이 한숨 깊이 스민다
음~ 이 청량함!
어디서 오는 걸까?

맑은 소리 들린다
이 맑음 어디서 올까
아~ 이 아름다운 소리
어디서 오는 걸까?

맑은 아침이 내게 오고
아름다운 소리 내게 스민
이 청량함 어디서 오나? 음~!……

이 아침 밤에서 오고
이 맑음은 깊고 깊은 밤 샘에서 온다
이 아름다운 소리는 새벽이슬 축여 영롱히 온다
깊은 골, 깊은 산, 깊은 밤 지나
이 맑음 이 아침이 온다
내게……

깊은 잠, 깊은 맘
깊은 다짐 지난 새벽
이 소소 이 영영 온다
내게……

오고 감이야 말
말이야
오고 간다 하네!
참 참 참!!

새소리 맑은 아침
덩달아 온 이 상쾌 바람
처마 끝 풍경도
고요 삼매로 맑음에 들고
이 상쾌, 상쾌 한 사발
님에게 올리옵니다
상쾌 한 사발!……

⭕ 잘 챙겨 삽시다. 이 맑은 노래 아는 '내'
미소 아~하……로.

맑음이 똑 떨어진다
댓잎에
앉아 쉬던 영롱함이 똑!……
아침 햇살이 무거워서인가
맺혀 잠시 빛 영롱하더니
햇살 타고 영롱하게 간다
환지본처로!……

돌아가는 길
영롱함이라는 말 하게 하고
영롱함이 무언지 모르고 간다
간다고 감을 알겠나
온다고 옴을 알겠나
그냥……
생각 많은 내만 부질없이
영롱하니
가니 오니 할 뿐이네

후~ 음!~
내도 그냥 가자

말없이 그냥 가자
바람 같은 말일지라도
바람처럼 하며 그냥 가자
아리랑 저 언덕 넘어
아리랑에…… 가자~ 잘!

아〈 〉나의 길
리〈 〉진리의 길
랑〈 〉밝고 밝은 내 본처
아리랑에…… 가자~ 잘!

○ 잘 살펴 갑시다. 부질없음 아는 '내'
미소 그러하게

몹시 곤해 초저녁잠을 잤습니다
잠이 곤한 것만은 아니었나 봅니다
몸은 곤해 잠에 취했는데
아는 님은 꿈을 만듭니다
아무데도 쓸데 없는 꿈을……
잠이나 더 자게 하지 꿈속에 일을 만듭니다
잠에 취해 꿈속 정진
꿈속에서도 곧게 앉아 고요한 마음 구석을 봅니다

코는 드르렁 대고 숨은 푸우후—
곤한 잠 꿈속엔 정진……
꿈속도 생시 같은 정진……
잠자며 꾸는 꿈 깨고 나면 헛것 춘몽인데
님이여 곤한 몸 쉬게나 하지!

꿈속도 생시 같은데
깨고 나면 헛것인 꿈
꿈꿀 때도 잠속에 현실
잠깨고 나도 꿈같은 꿈인 현실
꿈 몽롱한 꿈속의 헛것

깬 현실 꿈같은 연기라네
인생 삶 꿈같은 연기라네

왔다가 가는 인생
가면 다시 올 내생
이승 지금 현재인 찰나요
저승 훗날 다가올 찰나네
오면 갈 거고 가면 돌아 올 건데
탕탕하게 살자

참인 진실한 사람 되어
맑고 아름다운 세상 만들자
내가 다시 올 세상이기에……
다른 모양으로 올 세상
이 세상 아름답게 가꾸자
꿈속 같은 현실을 직시하자

'꿈속에 노닐다 깬 날'

⭕ 잘 챙겨 갑시다. 꿈도 현실도 꿈이라고 아는 '내'
미소 꿈。

비가 온다
조용히 와도 좋으련만
마구 두드리며 온다
멍든 맘, 움츠린 맘, 다친 맘
주저 없이 가라 한다
힘차게 가라 한다
빗소리처럼 훅 쏟는 숨
그런 숨 쉬며 살라 한다

맑음을 향한 한바탕
시원스레 토하자 한다
시원스레 한줄기 내리면
아픈 상처 썩는 고통, 고름 말끔히 씻겨 간단다
뽀송뽀송 새살 난단다

묵음이 씻긴다
새 토양 되어 간다
가벼운 걸음걸이일 게다
근질근질 삭음이 싹 씻긴
날아 하늘 닿는 마음일 게다

새털같이 훨훨한 마음일 게다

굵어지는 변성의 비
빗소리 커진 건 씻길 게 많아서일 게다
점점 굵어지는 빗줄기 흘러 모인 바다 '한맛'
그리움 한맛(일미)에 든다

우리들 촉촉하게 할 비
내리는 한줄기 비에 촉촉한 애상 심어 묻는다
내일 날에 필 애상 죽죽 심어 흘린다
돌이킬 수 없음의 강에 죽죽 심어 흘린다

온종일 내릴 님에게 푹푹 안겨 묻힌다
내일 날에 돈을 알알을 푹푹 안겨 묻힌다
내일 날에 필 멍울멍울 빗줄기에 몰래 심는다
그래도 아는 놈은 안다
몰래 하는
몰래 해도 아는 놈은 안다

○ 잘 챙겨 갑시다. 이러히 낱낱을 아는 '내'
미소 빗소리

어제 연등을 달았습니다
아무것도 없는 빈 공간
그 공간을 연등이 메웠습니다

각자 일을 마치고
부처님 전당에 모인 17시
전깃줄 늘이고 전구 끼우고
빛바랜 연등을 달았습니다

마음이 쾌하지는 않았습니다
빛바래고 낡은 등이라
초파일 부처님 봉축등 보고
죄송한 마음이 든 건
부처님 제자로 낡은 등을
하늘에 달아서입니다

제자로서 제자 역할을
다 하지 못 하는 것 같아
못내 아쉽지만
한송뜰 식구들이 모여

나름 정성껏 달아 올렸습니다

달 하나가 떠올랐습니다
해시가 될 무렵에 마무리하고
점등 하니 낡음이 빛바램이
등속의 밝은 빛에 사라졌습니다

곱습니다
둥둥 줄지어 하늘을 장식합니다
우리들 몸속에 마음
그 마음에 불을 켜면
우리들 밝을 겁니다
우리 마음이 허공 같다면
그만큼이 밝을 겁니다
내 마음 꼭 그만큼만 빛납니다
파란 마음 파랗게
노란 마음 노랗게
빨간 마음 빨갛게...
참! 곱습니다, 점등하니!……
낸 오색을 고스란히 보는데

저 등은 어떤는지?……
저 등은 제 색을 알는지?……

파란 등이 말하는 것 같습니다
세상은 파랗다고
빨간 등이 말하는 것 같습니다
세상은 빨갛다고
노란 등이 말하는 것 같습니다
세상을 한눈으로 보자고!……

모두가 진실에 들길 기원하며
어젯밤 연등 점등하였습니다
손길 맘길 함께 해준 법우들
참 감사합니다 이 공덕을
온 누리 영락하길 기원합니다

○ 잘 챙겨 갑시다. 함께인 세상 아는 '내'
미소 영락 .

검붉은 자주색
옷을 입고 날아옵니다
모란 향기가 노란 웃음 지으며
향긋이 가슴 파고듭니다

목단 향기가
상쾌한 마음을 만들 때
피는 향운이 두루 번저
도량 구석구석 향깁니다

깊이 숨 들이 쉽니다
저 깊은 단전 지나 기해까지
이 맑음 싣고 갑니다

깊은 기해에 맑음이
백회까지 닿습니다
온 마을 향기들 세상입니다

두루함에 향기
그 향기 내 여린 가슴을

적셔 오면 낸 글을 씁니다
낸 토해 냅니다
한 줄 글에다
내 마음속을 몽땅 비웁니다

그리움
그리움은
텅~한
향기로 남는~ 여운이!

사월 스무 엿새 목요일
3000배 도반들
3000 송이 모란꽃 피우는 날!……
오늘이 3000배 하는 날

이 공덕
우리 모두에게 회향합니다
모두여 여리지인 되소서

우담바라 꽃피우는 날。

사월 비
흥건히 뿌리고 지나간 날
아침이 해초롬합니다

누가 뿌리지도 않았는데
돋아납니다, 새싹이~
밭도 갈지도 않았고
써레질도 안 했는데
연두 초록 뜰입니다

모양, 모양도 제각각
물색도 제 멋대로~

어둠 뚫고 나와
맘껏 자랄 겁니다
저 들판 푸르도록~

사월 아름다운 날
연두 먹여 곱게 입고
사월이

종알종알 활짝 활~짝
새 우짖고 꽃피는 사월

사월
온 세상이
꽃단장에 화창화창 사월

사월이
내게 스며와
꽃구름에 폭 젖는 맑은 날

알 수 없는 맘이
볼 수 없는 맘이
만질 수 없는 맘입니다

?…… 내가 피니
!…… 사월이 봅니다
…… 확연무성한 날!……

O 잘 챙겨 갑시다. 사월이라 아는 '내'
미소 피어난.

어귀, 길목 어귀에서 걷습니다
둥둥 뜬 걸음
한 등, 한 걸음 오색이 한송뜰에
낮엔 낮등이라 하루 종일 졸고
어스름 저녁이라야 한 걸음씩 걸어옵니다
한송뜰 그 깊은 골에
토끼뜀 아닌 사자처럼 한 걸음씩 걸어
그 높고 높은 한송뜰에
파란 걸음 노란 걸음 빨간 걸음
연두 걸음 분홍 걸음 닿습니다

오색빛에 연등이 졸려
새벽이라 게슴츠레 합니다
오색눈 감고 자려 합니다
길섶엔 산새들 삶이 분주
아침이 즐거운 눈뜸 합니다

먼동이 노을 진 아침
노을 진 건 해가 온다는 소식
붉은 노을 주단 깔아 사뿐 밟고

햇살이 비춰 내 가슴에 듭니다
밝고 환하게……

님이시여
늘 환한 날 되세요
날이 밝아 환한 건
우리들 환하게 살라는 겁니다
환한 자기 마음에 빛입니다
찡그릴 일도 웃음으로 환하게 보냅시다
웃으면 웃음에 길이 있습니다
제아무리 험한 길이라도
웃음으로 갑시다

그냥 가는 그 길에 끝은 여리지입니다
알든 모르든 끝은 여리지!
여: 항상 같은
리: 진리의 길 참 이치
지: 완성의 지위 그곳입니다

O 잘 살펴 갑시다. 옳고 바름의 길을 아는 '내'로
미소 항상한

사월
스무 아흐레
여전히
느리지도
빠르지도 않게
새벽이 밝아 온다

어둠 흐려지니
여명이 밝아 온다
어둠은 밝은 빛이 된다

아무도 막을 수 없는
자연의 일상
누구도 거스를 수 없는
자연의 이치

참답게 살자
거짓 삶 아닌
참살이 하며 가자
진실하게 살자

진실하게 살아도
삶이 모자란다

바람이
진실하라 부니
풍경이
뎅그렁 뎅뎅인다
날이 밝으니
새가 우짖는 생동

모두가
쉼에서 일어나는 아침
아침은
깨어나 좋다
아침은
상쾌해서 좋다

○ 잘 살펴 갑시다. 낱낱이 내 아는 '내'로
미소 힘차게.

듣고 있는 놈이
어둠이 간다고!……
세상이 밝아 온다고
듣는 놈을 깨운다
새 소리
물소리
솔바람 맑은 아침!

알고 있는 놈
아는 놈이 새벽 찬바람
어둠이 자리한 법당에
고요히 앉아 계신 님들
그 님 곁에 조용히 앉아 본다
말 없는 님과 마주하고
아는 놈이 '안녕' 인사를
말 없는 님은 빙긋한 미소
아는 놈 염화 올린다

보고 있다
감은 눈에 선명히

아득히 저 먼 앞선 낼
홀연히 뜬 눈엔
자애로운 미소 옛 님이
감은 눈에 펼쳐짐이란
한낮 종이에 그린 그림
홀연히 뜬 눈엔
창창함이라 맑은 아침!

산새 울고 잎새 푸를
봄이 지는 사월 그믐
사월 지면 오월 가정의 달
왼갖 새들도 한 가정 한 살림
온갖 초목도 한 가정 한 살림
모두가 한 살림 꾸린다
한 삶을 지어 사는 우리들
우린 그러하게 이어진 한 타래
그러하게 엮인 한 두름!……

우리 그러한 우리들
보고 듣고 느끼고 아는 내

아는 내 그저 잘 단디 하게
그저 단디 하게만 꾸려 가는 삶
서로 어우러진 삶 한 폭!……
이 새벽
새들이
'조참 법문 일갈—'

'사월 지니 오월이 핀다
　사월 마지막 삼십일
음력 삼월 보름 새벽에!……'

⭕ 잘 살펴 갑시다. 조참법문 명확히 아는 '내'
미소 머무는 바 없는

하얀 철쭉이 피었습니다
소담스런 하얀 철쭉이
누가 봐 주든 말든
저리 하얗게 피었습니다
하얌 하얗게 쏟아 내는 핌

긴 밤 보름달과 밤새도록
하얌 하얗게 쏟다 쏟다가
아침이라 달 서산 쪽 숨어
청아하게 더욱 하얗습니다
하얗게 하얗게
쏟고 쏟아 내는 하얀 향기

하얌 쏟아 쏟은 한송뜰엔
은은히 향기 바다이룹니다
흐읍~ 후우!~
그윽한 하얀 마음입니다
한송뜰 수반 하얀 향기 담아
님들께
청아하게 향공양 올립니다

이 아침 하얀 철쭉이
올리는 하얀 향공양을
님들이시여!
향기롭게 받으시고
함께하는 우리들 세상
향기롭게 만들어 갑시다
우리 함께 사는 세상
하얀 마음으로
그윽한 하얀 향기처럼
청아하게 아름답게 삽시다

하얀 철쭉과 순백의 내
청초히 하늘 날아
한송뜰 향기롭게 하는 날
'한송뜰 그윽한 날'
양력 오월 첫날!…… 오늘이

○ 잘 챙겨 삽시다. 맑고 맑음 아는 '내'
미소 하얀.

오월
둘째 날
비가 옵니다
조용한 밤을
비가 깨어 밤 지새며

고요한
산사 한 칸 토굴
비가 옵니다
어둠 깨우려
비가 줄기져 옵니다

밤 어둠은
비
요란 떨어도 깜깜한데
새벽이라
아침 새가 가라 합니다

아침 옴을
새들이 마중하는 노래

청아합니다
맑은 소리에
어둠이 소리 없이 갑니다

저녁에 보자는 말도 없이
그냥 갑니다
가는 어둠
장닭 애꿎은 뒷북 꼬끼오
비가 와 늦잠 잤나 봅니다

아침 새들
빗소리에 질세라
목청껏 부르는 노래
오월 푸를 거라고
우리 그리 살자 합니다

○ 잘 살펴 갑시다. 한 치 오차 없는 삶 아는 '내'
미소 푸르른.

어젠
포근히 감싸 주던 님은 가고
새벽 뜰에 바람이
세몰이하며 지나갑니다
바람이 모이면
멈추는 일은 없습니다
초속으로 달음질치며
도솔봉 샅샅이 뒤져 갑니다

가져 가는 것은 없습니다
흔들어 몰고 가다 버리고 갑니다
부러지는 상처도 냅니다
바람도 모이면
당해낼 자 없습니다
물도 모이면 못 당하듯
불도 커지면 그렇습니다
인연조합이 흩어질 때라야 잦아듭니다

세상사
모두가 그렇습니다

이 모두에서 초월하는 님
초월하는 힘은 정진입니다
자기에게로 정진
내게로 향하는 정진만이
초월할 수 있습니다

바람이 세몰이 하지만
선거는 안 합니다
그냥 그런 자연의 섭리……
우리도 자연의 일부분
자연스레 삽시다
천연적인
자연적으로 삽시다
자신의 완성을 향합시다

'바람이
내게 한마디 하는 날'

⭕ 잘 챙겨 갑시다. 이 모두 소소영영 아는 '내'
미소 한결같은 。

약정
약정이란 걸 해 놓고
묶어 보았다

삼 년
결코 적지 않은 시간이다
찰나가 맞물려 돌아가는 속

삼 년
순간이며 길었다
숱한 사연 속 나날이다

삼 년
묶인 몸과 맘
다가오는 일 막이다, 장막

알면
사라진다는 차림
단속의 수문장 맘이다

수문장
오늘도 삼년직이 한다
묶음 채우려 한다

삼 년
삼 년은 말
삼 년은 기약일……

3년 숫자놀음 놀이
숫자 있을 리 없는데
확연한 날들이다 확연!

'님'들이여! 부디 행복 찾으소서!
행복 보소서!
행복은 님들의 맘 다스림!……
순간에 보소서!
찰나에 드소서!……

O 잘 살펴 갑시다. 유상 헛것이라 아는 '내'로
미소 탕탕한

바람이 붑니다
차디찬 해풍이 불어
뼛속까지 시리게 하는 날

숲속의 친구들
아침 인사가 요란합니다
요란스레 우짖는 친구들

바람도 덩달아 요란
숲속에 노래가 샘났는지
숲 흔들며 바람이라 합니다

이 맑은 아침 혼자 하기엔 아까워서
우리 벗들에게 보냅니다

아름다운 솔(soul)—
우리 함께 사는 세상
이렇게 어우러져 있습니다

잠시 후면 숲속의 아이들이

많이 깨어날 겁니다, 밝았다고

숲속의 하모니
한송뜰 공연장에만 있습니다
한송뜰 원장만 초대된 이 순간—

'내'만 초대되어
감상하고 챙기고
사진작가로 캐스팅—
이 순간 비디오로 남깁니다

이 순간
돌이킬 수 없는 순간
허공에 찍힌 날 꼼짝 마라 입니다
비디오는 지울 수 있지만
허공 비디오는 찍은 바 없기에
지울 수도 없습니다
재생은————" "!

❍ 잘 챙겨 갑시다. 이 소리 듣고 그렇다고 아는 '내'
미소 맑은.

바람이 세차게 불고 지나간 자리
고요합니다
아직 잔잔한 고요—
언제 세력을 또 과시할지 모르지만
일단 조용합니다

바람이 부는 이유 있겠죠
바람이 부는 건
고임을 순환시키려고
막힘을 흐르게 하려고
세력만 크지 않다면
순한 산들바람은 모두가 반겨 합니다

이렇듯 우리의 인생도
잘 순환시키며 삽시다
이 몸으로 살아야 얼마 삽니까
길어야 백년입니다
백년 살자고 온갖 짓

다시 돌아 올 날에 행복

그 행복을 위해 모사꾼 되어
쎈 척으로 몰이 맙시다
시절에 순응하며 삽시다
계절을 따른 자연의 친구들
계절의 숲 이루듯 우리네 인생의 숲도
그렇게 이루어 갑시다

오월이라고 둘 날에
꾀꼬리가 숲에 왔습니다
청량하고 맑음의 소리로
한송뜰을 메웁니다
어찌 저리 고운지……
새들이 한송뜰 숲이 되는
오월 한가한 이 여명의 아침
순간이 길입니다
길이기에 갑니다
그저 아무런 말없이 갑니다
길!……" "!

○ 잘 살펴 갑시다. 소소영영 아는 '내'
미소 여리, 여리.

한송인들
금강경 받아 지녀 생활하는 삶이라
금강경 한 구절인
아득무쟁삼매(我得無諍三昧)
이 한 구절이 맴돕니다

수보리존자께
석존께서 하신 말씀
무쟁삼매를 얻은 이 중
으뜸이라 칭해 주신 말씀

오늘 낸 생각해 본다
과연 우리도 무쟁삼매를
얻을 수 있을지
다툼 없는 나날이 될는지?
다툼 없는 나날!

매순간
순간이 물고 뜯는
업의 연속인

업의 소용돌이 속에서
얼마나 초연한지
심사숙고해 본다

과연──" "!

'무쟁삼매'
다툼 없는 이
다툼 없는 아라한
아란나 길 다툼 없는 길
참다움의 그 길

우리의 작은 내 생각이
우리들 막힌 내 생각이
고만큼 크기의 생각이
내라는 아상 내세우고
그 아상이 유쟁을 만든다

무쟁삼매
나 없는 진리

나라고 할 만한 게 없음을
통찰해 확연한 자리
호연한 그 자리 '내'

낱낱이라
없다 함을 아는 그 자리
없음이라
낱낱에 한통속 한통
"―" 아는 그 자리!

'무쟁삼매'

O 잘 살펴 갑시다. 낱낱이 아는 '내'
미소 무쟁.

세상 모든 부모님께
감사드립니다

내 이 세상 올 때
내 부모님 의지해서 왔다
그분들의 골육을 의지해서
이 세상 삶을 사는 것이다

잘났거나 못났거나
내 부모님이 계시기에
지금의 내가 존재한다
참 감사하고
거룩한 부모님들이시다

이 세상의 부모님
집 없는 나를 길러 주셨다
영혼으로 헤맬 때
고이 고이 거둬 주셨다
부모님 없이 우린
이 세상 일원이 될 수 없다

거룩한 부모님께 감사하자
거룩한
부모님 평안하게 해 드리자
부모님이 먼저 이 땅에 오셔서
우리를 맞아 길러 주셨으니
늘 평안하게 마음 드리자

이 땅의
부모님을 칭송하는 날, 어버이날
세상의
모든 부모님께 감사드립니다
모두여 행복하소서

O 잘 살펴 갑시다. 어버이 감사함 아는 '내'
미소 감사히.

하는 말
조용하다
소리 없다
고요해 고요한!
그래서
일초도 쉼 없다
순간은 더더욱
찰나도 찰나 찰나다

'일초직입 여래지'
일초, 일초에 피어 활짝활짝
일초에 매여 주렁주렁
일초에 탁―!

일초, 일초라――?
일초가 무심에 든다.
무심에 일초가…… "?" "!"
"   "

○ 잘 챙겨 갑시다. 이것저것 다 아는 '내'
미소 무심.

해질녘 하늘 끝에
비구름이 걸려 있습니다
온종일 떨어진 빗물
아직도 남아 있는지
잿빛 얼굴로 내려다봅니다

잿빛 하늘이 배고픈지
바쁜 걸음은 밥집
물안개 날 저물기 전
산 오르려 바쁜 한 모금들
잠시 비 멎은 해질녘 풍경

틈새
놓칠세라 하늘 끝 친구들
노란 한바탕 꾀꼬리
뻐꾸기도 거들며 뻐꾹뻐꾹
비비새도 숲 사이 훌훌 나는
해질녘 하늘 맞닿은 놀이터

한마당

한 하늘

맞잡은 손엔 사랑의 메아리

구름 밥 먹으러 간 사이

촉촉촉 맛 해질녘 한송뜰

그림 져 여울진 풍경입니다

해질녘!

비구름

물 먹으러 간 해질녘!에

○ 잘 살펴 갑시다. 낱낱이 아는 '내'
미소 해질녘

오뉴월
두 어깨에
누비 동방적삼도 걸치고
한송뜰 한 자락 부여잡아
턱 하니 걸터앉았습니다

무술년
어린이날도
어버이날도 떠났습니다
스승의 날 오라하고는
오뉴월 한끝
찬 빗물에 쓸려갔습니다

오지 않을 겁니다
불기 2562년
무술년
다시는 오지 않을 겁니다
기억 속에 그날 만들고
깨끗이 지우며 갔습니다

떠나간
무술년 불기 2562년이
뭔 말이 있었겠습니까
그저
그저란 말도 사치입니다
들끓는 우리들만
그저 시끄러울 뿐
그럴 뿐……

참 춥습니다
오뉴월 한기
법당 안에서
독경삼매 중입니다
소린 시림입니다
부처님 오신 날
오뉴월이라고
시림에 한기 골수에 듭니다

꽁꽁
볼때기 얼려 가는 진수

텅 빈 뚫림은 시림입니다
얼릴 것조차 없는 가난
제대로 든 가난이라
얼릴 것조차 없는데
골수가 흐릅니다
뼛속 숭숭 흘러듭니다

여전히
오뉴월 가난에 든 한기
꾀꼬리 저리 춥답니다
앞산 꿩 이리 춥다고
오월 한 자락에 웁니다
내 가난에 듭니다
한송뜰 가난에!……

O 잘 살펴 갑시다. 가정의 달 아는 '내'
미소 훗.

오월 초승에

하루
이틀을
쉼 없이 쏟아냈습니다

달콤 쌉싸름한 향기를
단 일초도 쉬지 않고 쏟아내
온 마을 향기로 덮었습니다

내일이면
필 거라고
아카시아 향기로운 소식

내일이
오기 전
비가 먼저 왔습니다

아카시아
피기도 전에

비가 먼저 왔습니다

아카시아
피기도 전에
눈물만 뚝뚝 입니다

잔 향긴
슬픔입니다
하염없는 눈물만 뚝뚝

하루 종일 뚝뚝
누가 볼세라 뚝뚝
눈물만 뚝뚝 먹먹 입니다

피기도 전에
먹먹함 떨굽니다, 뚝뚝뚝
아카시아 울며 갑니다

그래도
내일이면 필 거라고

새하얗게 필 거라고……

하얌 머금으며
애써 웃습니다
웃음 뚝뚝 흘립니다

그래도
잔잔히 번집니다
아카시아 고운 향이……

그런 걸
그렇게 간답니다
애써 웃으며 빗길 갑니다

애써

O 잘 살펴 갑시다. 아카시아라 아는 '내'
미소 길.

어제 저녁나절
기둥도 없는 하늘에
한쪽 비운 달님이
서쪽 하늘
하얀 낮달로 걷습니다
해질 때까지 기다리기에는
긴 시간이라 여겼는지
파리하니 하얀 얼굴

저녁나절도 달님 따라
서쪽 가니 초저녁 오고
초저녁도 서녘 걸음 길
달님이 뽀얘졌습니다
비록 야윈 반쪽일지라도
미소 띤 길 멈춤 없이
서쪽, 서쪽 갑니다
누구 하나 잡는 이 없네요
누구 하나 잡는 이 없어도
미소 짓는 서쪽 서쪽
어둠이 내린 숲에 미소만

소쩍소쩍 입니다

오늘
새벽녘 먼동이
눈썹달 데려 오네요
황금빛 눈썹달
기둥도 없는 동녘 하늘에
저리 떨어지지 않고 오네요
길도 보이질 않는데
발도 없어 보이는데
또렷 눈썹 그린 눈썹달
길 없는 새벽 동녘 하늘
해님보다 먼저 왔네요

해님 올세라
에두른 일 없이 청초히
눈빛도 청초랍니다
어젠 서쪽 서쪽 가드니
까만 어둠 속 넘은 새벽
그 새벽길을 가냘프게

새벽이슬 내리며 오네요
동녘 하늘 눈썹달로
오늘을 열며 오네요
숲 친구들 깨우며 오네요

새벽 동녘 달
어젠 서쪽 서쪽 가드니
오늘 꼭두새벽 따라
동녘 하늘 가르며 오네요
달 눈썹달
그믐 길 그믐달 되려 가네요
서쪽 길 서쪽 서쪽……

○ 잘 챙겨 갑시다. 서쪽 동쪽 아는 '내'
미소…… ●

한송인 삶의 지침서
그 지침서는 금강경
석존께서
수보리존자의 물음에
세세히 살펴 주신 경전
삶 어떻게 살아야 하나
면밀히 보여 주심에
지금을 살아가는 낸
감사함에 숙연해진다

제일 첫 장 첫 구절
법회인유분 제일(法會因由分 第 一)
"여시아문(如是我聞)"
"나는 이와 같이 들었다"

우리의 삶에 있어서
듣는 것이 얼마나 중요 하기에
첫 장 첫 구절 수보리존자께서
"나는 이와 같이 들었다"로
시작 되는지

우리 곰곰이 사유해 보자
첫 구절 "여시아문"
우린 바로 듣는지?
과연 바로 듣는지?
듣고 싶은 대로 듣는지?

우리들은
자기 생각대로 듣는다
편집도 잘 한다
끼워 넣기도 잘 한다
내 유리한 쪽으로……
어떠함이 진실인지
알 수 없는 속임의 전술
편집과 각색으로
가짜가 짝퉁이 판치고
파렴치가 버젓한 세상
이러함이 바로 듣지 못해
빚어지는 세상사다
우리
진실을 진실하게 듣자

진실을 거꾸로 듣지 말자
진실을 진실로 옳게 듣는 것
거짓을 거짓으로 바로 듣는 것
전도몽상이 아닌
그대로 보고 듣는 것
"여시아문"이다

"나는 이와 같이 들었다"

◯ 잘 챙겨서 갑시다. 여시아문 아는 '내'
미소 여시아문.

오늘은 스승의 날
우린 누구의 제자이며
우린 누구나가 스승이다
속담에
세 살짜리 손자에게
80 조부가 마저 배우고
죽는다는 말이 있다

어려서는 누구에겐가
배우며 지금에 서 있다
지금에 있는 이 자리도
찰나 찰나 누구에겐가
배움을 받고 있다

지금 이 자리에서
스승님들께 배운 것을
누구에겐가 전한다
이것이 삶에 배움의 연속
특별히 이 분만이 스승
그것은 아니다

일체 모두가 스승이며
일체 모두가 제자이다
유한한 것엔 스승이 있고
유한하기에 제자가 있다
나보다 먼저 앞선 사람
그분들이 스승인 것이다

오늘은 스승의 날
모든 스승이시여
님들의 가르침에 감사합니다
님의 가르침으로
여기 있음에 감사합니다
이 자리 홀로 올 수 있었음에
님들께 감사합니다
유생무생의 일체 가르침에
감사합니다
님들이시여
하여
모든 님께 감사합니다

한송뜰 한 조각이 떠웁니다.

어젠
숱한 날 중에
스승의 날을
한 조각 꺼내 썼습니다

살며시
아무도 모르게 꺼냈는데
모두가 다 알아 차렸습니다
눈치가 우주입니다
슬쩍 꺼냈는데
모두가 다 알았다는 것은
모두가 스승이라 그렇습니다
이 세상
모두가 스승이라서!⋯⋯

스승의 날
몰래 꺼내 쓰다
모두에게 들통 난 날!
케이크도 오고
카네이션도 오고

꽃바구니도 달려오고

새신부도 날아오고
새신랑은 소 타고 오고
불사조는 푸른 구름 타고
모두
모두가 모여 꺼내 쓴
어젠 스승의 날
모두가 스승인 날 어제!

○ 잘 챙겨 갑시다. 내가 모두란 걸 아는 '내'
미소 그래 그런.

소리를 따라 갔습니다
깊이 귀의 근원을 따라
깊이깊이 들어갔습니다
소리 없습니다
하지만 여전히 들립니다
온갖 소리 멈춤이 없습니다
깊이깊이 따라 들어가
듣는 님 찾아보았습니다

아무리 헤집어도
소리는 들리는데
듣는 것은 없습니다
아무것도 없습니다
하지만 여전합니다
온갖 소리 여전합니다
멈춤 없는 세상 여전합니다
웃는 소리 탄식의 소리
우는 소리 즐거움의 소리
소리, 소리들도 천태만상

듣는 님 요지부동입니다
듣는 님 어디에 숨어서
이리 소소영영 듣는지……
귀가 제 기능을 잃어도
듣습니다
듣는 님 소소영영 듣습니다
어디에 있기에 이리 소소
어느 곳에 있기에 이리 영영한지
소리 듣는 님 찾아 떠난 아침

온갖 새소리 난무하는
고요한 뜰에 앉아서
아침이 열림을 봅니다
밝아옵니다
사물이 보입니다 환하게……
환하게……

◗ 잘 살펴 갑시다. 천상천하 유아독존 아는 '내'
미소 소리 따른.

노란 옷을 입은 아이
노래는 맑고 곱습니다
자태는 우아한 날갯짓
오월 푸른 하늘 꾀꼬리
고운 목소리만큼
기품을 따를 자가 없습니다

고운 모습을 따라 갔습니다
눈의 근원을 따라 깊이깊이
깊어~ 하도 깊어
보이질 않습니다
하지만
노란 꾀꼬리 물찬 날갯짓
오월 하늘 희롱합니다
푸른 산, 푸른 하늘 마음껏
날아듭니다
깊이 들어간 깊은 곳엔
아무도 보이질 않습니다

어느 누구도

보이질 않습니다
고요한 고요뿐입니다
노란색도 보이질 않습니다
파란색도 보이지 않습니다
빨간색은 더더욱……
아무 빛깔도 안 보입니다
그렇다고
깜깜하지도 않습니다
이름하여 영영합니다
이름하여 소소합니다
그렇습니다, 무색도 말

여전히 오월 하늘 푸릅니다
여전히 꾀꼬리 노랗습니다
낸 법당 툇마루에 앉음이
여전합니다
나는 새들이 평화롭습니다
삶이 생동적인 오월 중순
모두가 제 할 일 바쁩니다
그런데 눈의 근원을 찾아

깊이 들어간 곳엔
바쁨도 고요도 여여합니다
고요한 적멸뿐입니다
그렇습니다
그러합니다

생동의 오월 하늘에 묻혀
지는 아카시아 꽃비를 보며
밤꽃이 옴을 아는 날에……

○ 잘 살펴 갑시다. 눈의 근원을 아는 '내'
미소 눈 찾는.

오늘은 코의 세계를 열어 보자
아카시아 향기가 온 마을 덮어
모든 코를 아카시아로 만든다
무엇이 냄새를 맡는지?
냄새 아는 근원을 찾아본다

코 집을 찾아 깊이—
흐읍~ 흡~ 따라 들어간다
가도 가도 냄새 맡는 곳 없다
향기가 숨을 곳 없다
쭉 향기 따라 들어간 곳엔
향기도 코도 없다
살살이 뒤져 본다
어디에 꼭꼭 숨었는지
찾을 길 없다

없다 없어, 끝없이 들어가도
코도 향기도 없다
대체 어디에 있을까?
쪼개고 또 쪼개 봐도

아카시아엔 향기, 꽃이랄 게 없다
헌데 아키시아 꽃 하얗다
아카시아 향 그윽하다

찾아보면 없는데
쪼개보면 없는데……
이리 온통 하얗다
코라고 할 게 없는데
코 냄새 놓치지 않는다
그렇다! 그러하다!

코는 이름하여 코
냄새 이름하여 냄새
이름 그러하니 그대로
코는 코
냄새 냄새다
이러히! 이러히!
'향기 따라 코 집에 놀러간 날'

○ 잘 살펴봅시다. 코는 코 향기는 향기 아는 '내'
미소엔 미소.

반야심경의 요점
안, 이, 비, 설, 신, 의
육문 육근을 살펴본다
이(귀) 눈(안) 비(코)의 세계를
살펴보았다

진실한 말을 할 수 있는
설(입과 혀)을 구도해 보자
옛 님들께서
세치 혀가 사, 활을
자재한다는 말이 있다
보는 세계
듣는 세계
맡는 세계
혀의 세계를……
말 한 마디에
천 냥 빚 갚는다는 말도
있듯이 말이 중요하다
혀가 있어야 말을 내 놓는다

혀를
한 올기 한 올기 찾아본다
세밀하게 분석해 보지만
딱히 이것이 혀라고 할 게 없다
진실한 말도 잘하고
이간하는 말도 잘하고
성내는 말도 잘하고
각종 표현의 말 하는 혀
막상 낱낱이 쪼개 보면
이거야,
이것이야 할 만한 게 없다

하지만 말도 잘하고
먹기도 잘한다
세 치 혀가 생생하다
혀의 지킴이 입이 문을
떡하니 잘 버틴다
단속을 잘한다

혀가 있어야

우린 말이란 무기로 대화한다
혀가 있어야 음식도 잘 씹는다
혀가 맡은 임무 막중하다
하지만 잘게 잘게 나눠 보니
없다?!
그렇지만 확연한 혀와 입!

잘 단속하면서 살자
남에게 주는 피해가
내게 오는 결과가 된다
꼭 내게 오는 부메랑이다
잘 단속하여 우린 하나
니르바나 세계 만들자
우린 함께인
평화로운 세상 만들자

'오늘은 묵언이란 수행덕목을
생각게 하는 날에'

❍ 잘 살펴 갑시다. 혀의 중요성 아는 '내'
미소 부메랑 ●

비 오기 전날
그리도 푹푹 찌더니
한줄기 비가 왔다가니
첫서리 내린 가을날 같다
누구의 한 서렸기에
서릿발 같은 오뉴월 추윈지
우리 모두 살펴봐야겠다
땅의 한인가?
지구의 한인가?
누구의 한이기에
오뉴월에 서릿발 추윈지

이럼에
춥다 덥다 몸이 반응한다
엊그젠 반팔 저고리 입더니
오늘은 누비적삼 입는다
이런 몸(신) 이리 세세히
느껴 반응하는데
면밀히 들여다보니
한 조각 조각들…… _0_ ㅡ!

눈 속을 들어가도
귀 속을 들어가도
콧속을 들어가도
입속 깊이깊이 들어가도
이것이 몸이다 할 게 없다
분산된 미진수라 ─!……
이름하여 하늘
한 하늘이다
몸이랄 게 없는데
이렇게 완연하다
그렇다
이렇게 완벽하다
생생하다

몸이란 게 흩어지면 한 낱
하나하나로 흩어질 한 낱
한 낱이 모여진 게 나라한다
그 나를 움직이는 게 뭔지?
낱낱이 모여진 몸뚱이
그 몸뚱이 안에 뭐가 있기에

생각대로 움직이는지?……
낱낱이 느끼는 몸뚱이
그 몸뚱이에 뭐가 있어
낱낱이 느껴 행하는지?

참 모를 일이다
이리 맑고 밝아 신령한데!……
언젠간 제각기 흩어질 몸
뭐가?
이리 신령하게 아는지?.
'참'…… ___?!

'오늘은 신(몸)이란 걸 살펴 봤다
서릿발 같은 추위 느끼는 몸
그 느끼는 자
찾아도 찾을 길 없는데
또렷또렷 아네, 몸(신)!'

○ 잘 살펴 갑시다. 몸뚱이 몸뚱이라 아는 '내'
미소 신령한

이 세상 등불 밝혀 오신 님
석가모니 부처님
님 오심에 우리들 이리 모여
봉축 노래합니다

님이 땅에 오시어
거룩한 가르침 주셨기에
내 이 땅에 와서
거룩한 님의 길 오롯이 갑니다
헛길 헛발 헛디딤 없이
거룩함에 길 홀로 갑니다
먼저 걸음하신 횃불
환한 횃불에 뒤 따르는 길을
어둠 없이 갑니다

어두울세라 넘어질세라
길 없음에 길 환하게
막힘없이 밝혀 주신 님
석가모니,
완연한 님

그 이름 부처님!

님께서 밝히신 불 꺼질 리야 없지만
저희들 이리 모여 전등하여 가겠습니다

이 세상 어두운 곳 없지만
걸음걸음 빛이 되겠습니다
천상천하 유아독존
그 밝음으로 전등이 되어
천상천하 유아독존
되어 전등하여 가겠습니다

님이시여
우리들 모인 봉축 노래
온 누리에 퍼질 것입니다
님 오심을
다시 한 번 봉축하는 날
오늘은 사월 초팔일

❍ 잘 살펴 갑시다. 봉축 노래 아는 '내'
미소 봉축의 ⸱

나날이 나날이라
이리 할 말이 많다

나날이 나날이라
아무 할 말이 없다

이어진 나날이라
이리 할 일 많고

이어진 나날이라
아무 할 일 없는데

한 줄기 나날
한 줄긴
나날일 리 없고

한 끈 한 묶임이라
이리 할— 많다

참

그렇다 이리 한가한데

한 끈에
매였어도
이리 한가한데
이리 여여로운데

한통에 섞였어도
알알······
올올······ 인데

뭘~?!
애쓸까
애 안 쓰면 어찌—?
오월은 푸르다
오월은 오월을······?!······

○ 잘 살펴 갑시다. 오월 하늘 아는 '내'
미소 님처럼.

세상 살아감에
배에 비유하자면 마음은 사람이다
사람이 있어야 배 저어 가듯
사람은 마음이 있어야 저을 수 있다

사람은 몸이 있어야
마음이 할 일이 있듯이
모든 움직이는 것엔
마음이 주인이 된다
이름하여 마음이지만 그렇다

부처님 오신 날에
연등을 밝히는 것은
내 마음에 밝은 불을 밝히는
마음의 표현이며 현실의 복전이다

마음 밝히려
초파일 연등 올려 다진다
먼저 오신 거룩한 부처님 전에
우리들 소원 담아

밝게 밝히는 마음의 표현이다

우리들이 결혼을 한다거나
이승을 달리해 저승 갈 때도
우리들 마음 담아
촛불 밝힌다, 어둡지 말라고
마음을 표현하는 행위다

배고프면 밥을 먹어야 하고
졸리면 자야 한다
먹기 위해 일하고
마음의 어둠을 연등 올려
불 밝혀 정진한다
삶을 영위하기 위해
마음의 작용이 현실 만든다

세상 이치
부모를 부모로 알고
스승을 스승으로 알고
자손을 자손으로 아는

그런 삶속엔 수많은 도리가 따른다

마음의 양식과
몸의 양식은 꼭 필요한 것
내 일부분인 모두를 위한
한 자루의 촛불 밝히는 마음
초파일 연등도 이와 같다
가르침이며 우리 길이다
우리의 복전이다

서로 융합해 가는 길에 등불이다
보이는 유루복이 무루복의 초석이 된다
작은 연등을 달 수 있는 마음
그 마음이 내 마음에 불 켠다
모두를 축복할 수 있는!……

'초파일 연등 불 켜는 마음
살펴보며 오늘 길 간다'

○ 잘 살펴 갑시다. 마음 등불 초석 아는 '내'
미소 아우름 。

안개가 눈앞을 가렸습니다
아는 '내'는 안개란 이름의 안개란 걸 압니다
눈앞에 사물이 안 보이지만
안개 속엔 모두가 존재하며
안개가 걷히면 사물이 보인단 걸 압니다

안개 속에 할미새 말합니다
나 오늘 왔다고 안개 자욱해 보이진 않지만
할미새 목소린 청아합니다
잘 들립니다
어디쯤 어느 나무에 앉았는지도 압니다
안개 속이라 보이진 않지만 소리로 아는 놈이 압니다

참 똑똑합니다
있음을 알고 그 있음이
안개에 가렸다 압니다
아는 그놈은 대단합니다
그 '아는' 놈, 그놈이 삶을 만들어 갑니다

안개 속에 사물이 있음을 아는 놈이 압니다

그러나 그 아는 놈은 어디에 있는지
찾고 또 찾아보지만 없습니다
보이질 않습니다, 대체 어디에 있기에……

'안개 걷히면 창창하듯'
내 마음의 무지 걷히면
내란 놈 그 아는 놈도
창창한 소소영영……
막힘없이 영영
걸림 없는 소소
소소한 영영엔
무지에 가려진 '내'
안개 자욱한 아침입니다

소소영영이
소소영영을 향해 갑니다
알 수 없어 알 수 없이……
갑니다, 이름 붙여 갑니다

⭕ 잘 살펴 갑시다. 안개라 아는 '내'
미소 안개.

어둠을 새들이
어김없이 보냅니다
꾀꼬리가
오늘 문을 먼저 여니
연이어
새들이 창을 열며
안녕, 안녕, 안녕!
상큼 발랄한 아침입니다

늦잠 잔 뻐꾸기
하늘 끝에 매인 목소리
뻐꾹~ 와하하하!~
와~ 큽니다
온 산천을 뒤흔듭니다
뻐꾹~ 와하하하!~
와~ 시끄럽습니다
작은 아이들 고운 소리가
뻐꾸기 한소리에
소리 잔잔히 맑은 아침
참 좋습니다

새들 밝음의 노래
이 아침 상큼한 신선
내도 따라 신선이 됩니다
한송뜰 밝음을 노래하는
선의 찬가 심율이 되는
참 좋은 아침입니다

'비오새 맑은 소리 하늘 뚫는 청청'

누가 이 아침에 초대 될까?
뉘라 이 소식을 알까?
아는 놈은 알 테지!
아는 놈은 알 테지 이 소식!

그
아는
놈은 알 테지
하늘 닿는 이 아침 노랠!?

○ 잘 살펴 갑시다. 새들의 노래 아는 '내'
미소 아침.

안개가 거니는 뜰
내도 같이 길동무합니다

한줄기 굵은 빗줄기는
산천을 부서지듯 울린
첫새벽 천둥소리에 놀람이
쏟아낸 굵음인가 봅니다

곤한 잠 푹 들어
적막에 든 내도
큰소리 한 벽에 고요 털고
따스한 물 한 사발로
잠 꼬리 털고 뜰 거닙니다

산천이 진동한 천둥은
뚝뚝인 굵은 흔적만 남기고
내랑 동무하려 안개가 고요히
새벽 뜰 내려 가슴에 안깁니다

함께 하는 뜰에 발자국은

금은화 꽃잎에 새깁니다
대롱대롱 발자국!
금은화 향기는 피어 날아
승천하는 하늘가 뽀얀 안개
내랑 동무 되어 새벽길 갑니다

촉촉한 어깨동무
그 무엇이
이보다 더 고요할까
뽀얀 안개랑 어깨동무 이 새벽
꾀꼬리도 뻐꾸기도 비오새도
접동 접동 이름 모를 아이들도
한 품에 안겨 웁니다

천둥이 한소리하고 간
한송뜰 촉촉 안겨든 안개
어깨동무 한 입술 한 촉촉이
감미롭게 녹아든
달콤함이 흐르는 내 한 품 안
금은화가 안개 품어

하늘 납니다
내 품 내 한 품에 녹아듭니다
아름다운 새벽길 한사랑으로
한 발 한 발이
촉촉합니다
한소리 우레
새벽 연 날에……

○ 잘 챙겨 갑시다. 새벽 길동무 아는 '내'
미소 촉촉한 날.

여운이 훈훈히 감도는 남음
남김없이 다 쓰려 했는데 남았습니다
보이지도 들리지도 형체도 없지만
이렇게 남은 여운이 맴돕니다

님이 오신 길
님 오신 날에 향운
가없이 오고 갔는데
오늘에 번지는 님의 여운
물안개 물위 피듯 작은 맘에 피는 여운입니다

님의 발자취, 님의 거룩함, 님의 향훈이
물자리 물안개로 피어나는
늘 함에 이 자리 여운입니다
여운
여운이라
여운입니다
여운 남아돈 날!

○ 잘 살펴 갑시다. ……아는 '내'
미소 여민

정월 보름에 해제하여
아는 놈이
이리저리 짐을 지고
만행이란 미명 아래
산철을 두루했다

두루하긴 했지만
아주 작은 두루로
아는 '내'를
보필은커녕 잡다히
아주 작은 모양이 되었다

우주를 품은 아는 '내'
우주를 먹은 아는 '내'
아주 작은 아는 '내'
정녕 모를 아는 '내'
놓치고 헤매며 산철 보냈다

오늘 사월 보름 다시
돌아와 결제를 맞는다

결제 무얼 결제라 할까?

아주 작은 '내'
우주를 품은 아는 '내'
우주를 먹은 아는 '내'
정녕 모를 아는 '내'
이~ 녀석을 결재할까?
이~ 놈들 집을 결제할까?

암튼 오늘은 결제 날!
한철을 씨름하며 지내고
한철을 묶여 지내자
아는 '내'로
아는 '내' 잡아 길들이자
세상 모르는 철부지
세상 알 수 없는 철부지로
한철 잘 길들여 가자

길 잘 가자
도망가지 말고

아는 '내' 나만의 '내'
내 맘은 '내'만이 안다
올곧게 가는 님도 '내'
도망가는 님도 '내'
허투루 한철 보내지 말자
아는 내만의 '내' 님
내 님인 '내' 보살피자

한 눈의 관음 되어
한 맘의 관음 되어
한 몸 한마음 '내' 잡자
오늘 하안거 입재 날
결제다운 한철 되자

○ 모두여 내인 '내' 잘 보살펴 아는 내!……
미소 항상한.

낸 이렇게 말했는데
넌 이렇게 알아듣는구나
넌 그렇게 말한 걸
낸 그렇게 알아듣는다
낸 저 말했는데
넌 저 말로 아는구나
넌 이 말 저 말 했는데
낸 이 말 저 말로 안다

낸 이렇게 말했는데?……
이런 소식 뉘라 알까?!……
가자, 가자 '나'여
아리랑 홀로 길 그냥 가자

소리 낸들 알리 없고
소리 없앤들 어찌 알리……
말하고 안 하고…… " "!
……. …….

◯ 잘 살펴서……. 끝없는 길 아는 '내'
미소 아리

오월 삼십일일
무술년도 반년을 썼습니다
이렇다 할 내도 못 찾고?!……
나라고는 하지만
이것이 '내'다 할 만한 게 없고
남이라 하지만
저것이 남이다 할 수 없다
허공 핀 한 송이들일 뿐이다
우린 한 허공——

반년을 보내는 마지막 날
매월 마지막 주 목요일
우린 우리를 알기 위한
우리가 함께 공존하는 우주
그 하나를 다스리기 위한 수행
모남을 둥글게 하는 수행
너와 나가
한마음 한 몸임을 알기위한 수행
우리들 세상 평화를 위한 수행
우리들 세상 행복을 위한 수행

함께인 우리들 세상 우주
우주의 행복을 기원하며
오늘도 3000배 도반이
한송뜰에 모여 3000배 한다

1배, 1배가 나를 찾아가는 1배
알게 모르게 지어온 죄업 참회
1배에 모두의 안녕 위한 참회
1배 1배가 모인 3000배
3000번의 참회로
안녕에 이를 수 있도록
모두의 응원 부탁합니다

○ 잘 살펴 삽시다. 3000배 아는 '내'
미소 3000배

4장

불기 2562년 ● 여름

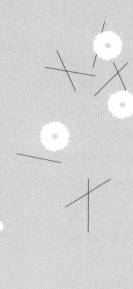

맑은
달빛에
벗들 실어 보내고

함초롬
추녀 끝에
넋 엮어 달랑달랑

맑은
달빛에
은빛 물결 은하에 일고

한결
쏟아낸 콕콕
한밤 이야기 이 뤘고

그렇듯
밤이 아침 되었습니다
아침이라 온갖 모양들이
부스스 눈을 뜹니다
기지개 켭니다
쭈우욱 기지개 켜니
온 세상이 보입니다
이 아침 이 맑음
청청하게 걸어옵니다

실안개도 이슬 담아
아침 그늘 드리우는 촉촉
촉촉 가슴에 스미는 맑음
맑디맑음 이 새벽은
밤이 꼬박 새워가며
어둔 밤 희끗하게 새워가며
이 아침으로 만들었습니다

이 상쾌함
우리에게 주려고

밤이 잠도 안 자고
꼬박 새워 만들었습니다
이 맑음 내게 주려고……

내 친구
밤이
내가 쿨쿨 자는 새
몰래 만들었습니다
싱그러운 아침을 —!

참 고맙습니다
내 친구 밤이!……
참 감사합니다
밤새운 노고의 밤이!……
늘 한 사랑이 가슴 저밉니다

밤도 새벽도
이슬 담은 실안개도
맑게 개어 온 이 아침도
새들의 노래도

모두가 내 벗입니다
아름다운 사랑입니다
평화의 노랩니다
맑은 아침
밝은 마음은
함께한 우리들 세상입니다

6월 1일 맑은 새벽 맞으며

O 잘 챙겨 갑시다. 이러히 맑은 날 아는 '내'
미소 싱그런.

이른 아침, 새들이 지저귀는 뜰
조용히 거닐어 본다
새소리 한갓지다

오늘은 산까치도 한소리
쉰 듯한 갈라지는 소리
허스키 배우는 중인지
예쁜 소린 아니지만 최선 율

고운 자태 소린 곱지 않지만
뜰 자락 산까치
산에 사는 산까치 내랑 친구
저도 내도 산에 산다

차 한잔 하는 사인 아니지만
그래도 산까치 내 친구
차 한잔 줄 수 없지만 내 벗
우리들 차는 그냥 산에 차

내 잠시 머무는 이곳엔

많은 종류 새들의 터전
많아도 어찌 이리 다양한지
새들의 서울인가 보다

새들의 다문화 도시 같다
북쪽 시베리아 친구도
남쪽, 서쪽, 동쪽 친구도
다 모여와 여름살이 한다

조용히 귀 귀울여 보면
작은 아이 소리도 나름 곱고
큰 애 꿩 소리도 우렁차다
고움엔 꾀꼬리가 있다

참 좋다, 이 아침 소리
참 좋다, 이 새벽 이 맑음이
참 좋다, 산에 사는 내들이—

⭘ 잘 살펴 갑시다. 함께 하는 삶 아는 '내'
미소 함께 ⸱

낮달로 지내다
밤늦게야 찾아온 달
늦은 걸음에 빛을
이 새벽에 혼신을 다 한다
서쪽 길에 빛 본연의 빛을
밝히며 주저 없이 간다
새벽이야 아침이야 오든 말든

일찍 일어난 새들이 야단법석
하나도 엇나감 없는 본연법문
우주의 질서 혼신을 기한다
저 달도 내게 주는 말없는 말
내겐 모두가 소중하다

'한번 뻗은 다리 오므릴 수 없다' 하신 옛 님
내도 '이 길' 이 길에서 뻗음 오므릴 수 없다
이 몸이 가루가 된다 하여도
우리 모두의 이 길에서
물러날 수 없다 '낸'
간다 '오로지 간다'

가는 길 '그 길만 내게 있을 뿐'
우주의 질서에 나침판, 나침판이 되어 간다

그리 가리라 누가 뭐라 해도
'내 길' 내 그리 가리라

아침에 이 상큼은 밤새도록
하얗게 지샌 달이 빚은 한몫
이 맑음 이 자연, 자연 새들도
밤도 소임 다함이 이리 청정
내도 자연에서 살고
우주의 법칙에 따라 가리라
석존의 가르침에 의거해서
참스럽게 참사람으로!……
홀로 청청──!

O 잘 살펴 갑시다. 길 없는 길 그 길을 아는 '내'
미소 늘 그러하게.

앞 두렁 논에 모살이가
뿌리 내렸나 봅니다
줄줄이 늘어선 모들이
참 예쁩니다, 정겹습니다
개구리도 신이나 한바탕
개굴 개굴 개굴
악머구리 되었습니다
시끄러울 법한데
유월 계절에 동화 됩니다
토방에 앉아 어둠 그늘에
눈 살짝 감아 봅니다
들리는 건 악머구리들
얼마나 많이 모여 합창하기에
이~ 소릴 들을 수 있을까!
그래도 참 좋습니다, 이 밤이~!
어둠 내린 고요한 이 밤이!

밤새들도 악머구리 소릴
비집고 들어갈 재간 없습니다
소쩍새도 악머구리 고요에

조용히 묵언 중인가 봅니다
악머구리 소리에
묵언 중인 밤새들 고요합니다
제 아무리 악머구리 들끓어도
묵언수행 중인 밤새들?……
악머구린 그저 제 소리만!
낸 그저 앉아 있을 뿐!
아무도 나서지 않는 밤 소리……
서늘한 한기가 삼경이라 하고
야반삼경이라 밤새 소릴
다 머금은 악머구리……
그래도 참 좋습니다
내 맘에 고요가 참 좋습니다
삼경에 앉은 소리 참 좋습니다

마냥 좋습니다
이 시절 아니면 듣기 어려운
일이라 더욱 좋습니다
앉으매 앉은 소리는 악머구리
그냥 듣습니다, 뭐라 할 말 없이!

고요한 악머구리 소리에
이 야반삼경 흐릅니다
저 먼 산속 접동도 고요히
이 야반삼경 젖어든 삼매
본연, 여여, 하하, 만공이
야반삼경 토방에 앉은 삼매경
밤하늘 별들도 반짝이는 삼매
악머구리도 악머한 삼매경

우린 이러히 야반삼경
이 밤 삼매에 깊어 갑니다
더위가 잠든 서늘함에
우린 이리 삼매로 갑니다
휴~ 휴~!?

O 잘 살펴 갑시다. 야반 삼매경 아는 '내'
미소 엊저녁.

후덥지근하더니
급기야 비가 옵니다
찬 빗방울이 빗장 문 여는데
안녕하며 얼굴에 떨어집니다
그 애와 나랑 하나됩니다
잠시의 만남이 시원함을 줍니다

비를 기다렸나 봅니다
한줄기 시원하게 내려줬으면
바라는 마음이 이네요
산새들도 빗줄기 기다렸는지
시원스레 웁니다
고요히 우짖던 아이들이
목소리에 생기가 돕니다

물기 머금은 소리 감미롭습니다
우두둑 떨어지는 소리
이 새벽 선율로 여리지 소리
이른 아침 먼동을 틔우는 소리
산새들도 여리지 길 여는 소리

예서 제서 여리지 길 무한 엽니다
산비둘기도 동참가 구구~ 구구국
여리지 길은 멀지만…… 모르지만!

하루 여는 소리가 활기찬 이곳
작은 마을 작은 산 중 여리지 마을
이곳엔
산새들이 악머구리 떼 같습니다
참 많습니다
새들이 많아도 어찌 이리 많은지
새들과 낸 여리지 길 도반
함께 가는 길벗입니다

길벗이라 이아들 소리
아침에 이 소리가 가슴속을
울립니다
심율이죠, 알 수 없음에 심율
가슴 에는 심율이
이젠 고요히 와닿습니다
저들의 소리가 참 좋습니다

산새들 소리도 빗소리도
하나의 길 장단
여리지 길 도반들의 길 장단
이 아이 이름 모를 아이
저 아이 얼굴 모르는 아이
얼굴도 이름도 모르지만
낸 정겹습니다, 이 아침 친구라~

소리 듣고 한소리들 하고
산새들 울기에 내가 듣고
내가 듣기에 들린다
내 듣든 안 듣든
저마다 늘 하는 소리들
내 있든 없든 있었고
내 듣기 전부터 있었던 들음들
뒤바뀌기 전부터 있었던 일들

작년에도 있었고
태초 전에도 있었던 소리들
오늘에도 있고

내일 날에도 있을 소리들
한소리 텅
텅한 날에 우리 있을 그날인데?!
이 아침에…… 소리여!

후덥지근했던 날씨에
빗소리 반가워
너도 나도 고요한 한마디
내도 너도 반가운 한 짓거리 장
오늘이라 더 반갑습니다
내가 좋아하니 내가 압니다
내가 시원해 내가 압니다
참! 그렇습니다
주절주절 빗소리에 맞춘 장단
여리지 길 한 장단 한품 한 춤이—

○ 잘 살펴 갑시다. 빗소리 시원타 아는 '내'
미소 내 빗소리

밤나무 꽃
긴 느지 길게 늘여 옵니다
저 옴을 모를까 향기 뿜습니다
꽃은 꽃인데 그리 예쁘진 않습니다
이름도 내 생각입니다
내 고정 관념입니다

예쁨을 정해 놓고 예쁘다
안 예쁘다 합니다
나쁘다, 좋다 또한 내가 만듭니다
참~ 문제는 냅니다
모든 걸 그렇게만 만들어
그 틀에 끼우려 합니다
고정 관념 틀에 끼워
맞지 않으면 틈입니다
이것은 아니라고 합니다
적이다 나쁘다 보기 싫다
등등의 것들로 내 둘레 삼습니다
내 테두리 만들어 울타리
고정 관념의 벽을 만듭니다

철옹성을 쌓습니다
철옹성 자기 가둠의 성을
점점 더 두껍게 쌓아 갑니다
스스로도 설 자리 없이……
우울 조울 각종 이름을 붙인
그 이름의 스스로 노예 됩니다

노예 많지만 크게 셋입니다
우치의 노예
욕심의 노예
진(화)의 노예
이런 삼독의 노예로 한평생
그리들 살다 갑니다
어리석어 채우려는 욕심
욕심을 채우지 못해 화가……
화는 태우는 겁니다
일어나는 화를 끄지 못해
우린 늘 불타는 집입니다

불 끄려면 탐·진·치 삼독인

테두리 없애면 됩니다
너와 나란 테두리 없애면……
탐·진·치 삼독 소멸 됩니다
앉으나 서나 가나오나 자나 깨나
그러거나 말거나 아는 '내'
그 아는 '내'만 관리하면
탐 · 진 · 치 스스로 녹습니다
테두리 없이 공활합니다

길게 느린 밤 느지 꽃 보면
또……" "갑니다
뻐꾸긴 속절없이 우는데!……

○ 잘 살펴 갑시다. 가성 아닌 진성 아는 '내'
미소 아는 맘.

찔레꽃 하얀 꽃
하얀 꽃 아카시아
하얗게 피어
노랗게 여무는 금은화
금은화 한 시절!
넝쿨 덩굴로 하얀 노람
함박 피어 달빛에 젖고
말간 아침이슬에 젖습니다
노람이 하얌이 뿜어낸 향
온 뜰을 노닐며 코를 부릅니다

코에 앉아 노래 부릅니다
한낮이라 더 진한 노랜 향깁니다
코끝에 앉았다
깊이 삼매 굴에 듭니다
저 깊은 단전 지난
에너지 바다 기해까지
금은화 달콤 오묘한 향을
코님이 실어 나릅니다

금은화 향을 코란 놈은
정작 모릅니다
그냥 통해 주는 통로일 뿐
아는 놈이 압니다
이건 금은화 향기라고……
신령한 그 님이 압니다
신령한 그 님만이 압니다
한 우주 머금은 한송뜰에 삶
한송뜰 삶 아는 놈이 압니다

노랗게 하얀 금은화에 앉아
유월 여름나절 흐르는 구름
파란 더위 파랗게 부칩니다
한여름 그날에 보내려고
한끝 한낮을 금은화에 앉아!

저만치서 샘난 느지─
느지 느린 밤꽃이 웃네요
웃음엔 역시 향깁니다
금은화보단 내라 합니다

530 ● 모두가 꽃이다 ● 늘봄

진한 향기가 여름 치대어
알알이 익혀 갈 가을 길
밤꽃 느지 이른 걸음 걷네요
가을날 알알함 보이려는
유월 걸음에 흠칫한 금은화
그래도 낸 금은화랍니다
이름도 내 따를 자 없다네요
금은화 자화자찬은
금은화 아는 내란 놈이 합니다

참 대단한 아는 님입니다
모르는 게 없고
아는 것 또한 없는 님이……
'청청'!~
'그저 청청'한 날~! 에~

◯ 잘 살펴 갑시다. 요모조모 확연히 아는 '내'
미소 '함박'.

누구나가 아침을 맞이한다
아침이란 오지 말라 해도
싱그러움 가지고 온다
우리들에게 싱그러움 준다
우리들 마음에 상쾌한
아침 맑은 차 준다
이 자연이 주는 맘의 양식
우주가 하는 일이다

금강경 제1분
"차제걸이 환지본처(次第乞已 還至本處)"

석존께서도 우리에게
고양질 맘의 양식을
제1분에서 보여 주셨다
아침에 일어나시어
공양 때가 되어 사위성에
들어가시어 거르는 집 없이
차례대로 밥을 얻으시어 제자리로 돌아오신다
이 모습은 아침 일상이다

하지만 생각해 보자
왜 굳이 다 아는 아침 일상을
첫 구절에 보여 주셨는지
단 일면만 생각지 말고
이면도 들여다 보자
육신도 이렇게 때가 되면
먹여서 영양공급을 한다
하물며 마음의 양식이랴……

우리들 마음은 하루 종일
여기저기 오만 것 다
참견하며 쏘다닌다
다니는 줄도 모르고
나가면 돌아올 줄 모르고
이 집 저 집 기웃기웃
구석구석 다 참견한다
잠을 잔다 해도 꿈꾸느라
'환지본처' 어렵다
돌아오지 않는 방랑자 같다
마음도 환지본처로 하여

옳고 바른 에너지 충전하자
'차제걸이', 마음이 밖의 일상을
차례대로 했으면 돌아오자
아는 '내'게로
모든 일을 했으면 했다고,
일을 했다고 아는 그 자리인
아는 내 '응작여시관(應作如是觀)' 하자

순간을 소소영영 아는 님
그 아는 '내'게 돌아오자
내 마음이라 하는 그 마음을
'무념무상' 내게로 '환지본처' 하자
매순간순간을 아는 '내'
그 아는 '내'를 '응작여시관' 하자
석존의 가르침
'환지본처' 하는 마음 '응작여시관' 하라를
되새겨 보는 날에―

○ 잘 살펴 갑시다. 환지본처 아는 '내' 응작여시관
미소 ○

마당을 거닌다
한 발 한 발, 걸음은 한 발 한 발
발은 둘인데 싸우질 않는다
왼발이 먼저 가든 오른발이 먼저 가든
전혀 개의치 않는다
함께 가는 길이란 걸 아는지
한 발 한 발 사이좋게 걷는다

다툼 없는 걸음 한평생
오른발이 불편하면 왼발이 나누며 함께 간다
최대한의 균형 이룬다
함께 가는 길 나누며 간다

마당을 거닌다
아침노을이 빨갛다
아침노을이 빨간 건 오늘 더위 보낸다는 소식
붉게 물든 동녘이 더위 조심하라 한다
'우린 함께라 한다'

⬤ 잘 살펴 갑시다.
미소 함께

아침이 왔다 안개비가 내리고
일어난 새들 소리 다름이
아침에 이 신선함으로
'내'게 무진설법해 준다
매일매일 다른 메뉴로
차려지는 양질의 밥상
어찌 포동포동하지 않으랴
어찌 이 드넓은 우주의 일
감응하지 못하랴
어찌 한송뜰 이 소식
머금지 않으랴
어찌 이 맑음 이 신령스런
오묘함에 젖지 않으랴

금강경 제1분
'반사흘 수의발 세족이 부좌이좌(飯食訖 收衣鉢 洗足已 敷座而坐)'

'반사흘'
공양을 섭수하신다
공양을 드신 후엔

'수의발'
밥그릇을 씻어 제자리에 두시고
'세족이'
발과 손도 깨끗이 씻으시곤
'부좌이좌'
자리를 정돈하시고 앉으신다

누구나 하는 일이다
밥 먹었으면 밥그릇 씻는다
밖에 나갔다 들어오면
묻혀온 오물들 깨끗이 씻는다
당연한 일을 금강경 한 품인
제1품에 수록했다

곰곰 사유해 보자
단면만 아닌 이면도 생각하자
늘 되풀이 하는 밥 먹는 일
하루 한 끼, 두 끼, 세 끼 때론
간식도 먹는다
먹고 나면 치우는 일

닦고 씻고 하는 게 당연지사
내면인 마음을 들여다보자
매일 일상에서 부딪히며
더러워진 마음
우린 얼마나 씻어 줄까?
마약과 같은 술로 혼미한……
맛 찾아 배회하는 도야지처럼……
잘났다고 강짜 오만불손……
남 탓하면 다투어 찢기는……
환락 쫓는 불나비 인생……
부족하다 주눅의 모자람……
단 일초도 씻을 생각 안 한다
점점 더 묻히는 오염들……

이 시점에 이 글을 보시는 님
님들 만이라도 씻어 보자
술 마신다고 아는 내 인식하고
강짜오만…… 아는 내 인지하고
남 탓한다고 아는 내 인식하여
환락 쫓는다고 아는 내 인지하여

중생이라 아는 내 인식하는
잠시도 쉼 없음 아는 내 각인하자
그렇게 마음 세심(닦는)하며
아는 내 '응작여시관!'……

금강경 제1분을 얘기하며
아는 내 '응작여시관!'

O 잘 챙겨 갑시다. 아는 내라고 아는 '내'
미소 금강.

부슬부슬
떨어지는 안개가
이슬비 아침 만듭니다
밤나무 느지 향기도
실안개비에 적셔
온 동산에 품니다
향기 깔은 무색입니다
향기로운 내음~~ 이

아침 안개비가
촉촉하게 안겨오는 길
콧속 나라 지나 내게 스밉니다
푹 젖습니다
밤꽃 느지 향에
안개비 소슬함에

싱그러운 아침 한가한 여유
오늘이라 가능합니다
지금 이 순간만의 여웁니다
이 순간 이 시절은

잠시도 머물지 않기에
두 번 다시 이와 같음
느끼지 못할 겁니다

'아침 = 내가 잠깸'

매일 맞이하는 아침
혼몽에서 깨어난 아침
이 상쾌라 아침 아침입니다
'내' 깨어남이 아침인데~
낸 자연 아침만 맞습니다
'내' 아침
순간순간에 오지만
혼몽이라 모릅니다
아침인지
어두운 밤 꿈속 혼몽인지……

새날 아침입니다
이 상큼한 이 향기로움을
님들께

오롯이 보내고 싶은데
보낼 수도
오롯이 받을 수도 없어
내만 느끼며 맞이합니다

새들의 노래가 청량하게
이 가슴에 들어 울리는 감율
감율에 젖은 이 아침의 노래
울림은 싱그러운 상큼입니다

님들께서도 이 맛은
못 느끼지만 젖어 보소서
적셔지진 않지만
지긋이 눈감고 느껴 보시옵소서

촉촉함이 온전히 퍼져
가슴이 일렁여 올 때
내인 내게 감사함 전하소서

곱디고운 마음으로

지쳤던 '내' 꼬옥 안아 주소서
마음이 촉촉하게 울리도록
함께해 줌에 감사 울려 주소서

내안의 '내'
맑은 서정의 아침 되리니!
꼬옥 안아 주소서
메마름이 촉촉하게
서정의 강이 되어 흐르도록……

안개비 내리는 오늘
다시 안 올 이 순간
다시 못 올 이 찰나를
상쾌로 보듬어 안아 보는 날
오늘 이 순간을 님들과 함께
안개에 수놓는 이 아침—
함께여서 행복한 날

○ 잘 살펴 갑시다. 이러한 이렇게 아는 '내'
미소 하늘하게

모두가 깨어나는 아침
비가 촉촉이 내립니다
풍경도 비 온다고 뎅그렁 뎅그렁
댓님도 바람 온다고 흔들흔들
새들도 숲에 숨어 요란법석
어서들 깨어나라고 조참법문
아랑곳없이 아침 일갈의 노래
저마다 다름에 어우러짐입니다

꾀꼬리는 변함없이 꾀꼴꾀꼴
뻐꾸긴 뻐꾹뻐꾹 제 소리
비오새도 비 온다고 비쪼르륵
비비새도 숲에 앉아 비비빅
장닭도 아침이라 깨어난 꼬끼오
모두가 제 할 일에 충실합니다

'저마다 소리에 듣습니다
이러히 소소영영한 '내'를
어디에도 물들지 않는 '내'를
다 품어 모자랄 것 없는 '내'

적멸의 아침입니다'

바람결이 지나 갑니다
후두둑 나뭇잎에 앉았던
빗물 떨어지는 다급함이
놀란 비오새 꾸꾸꾸꾸구우
모두가 생생한 아침
아침이라 울립니다
깨어남의 종소리들
종소린 제각각 울림입니다

내 방문 앞 신우대 울타리
울타리에 금은화 만발
만발한 금은화 뽐냄은
향기 뿜음입니다
비 오든 말든 향기로 채웁니다
내 작은 정원 울타리 금은화
바람 오든 말든 향기 일굽니다
내 작은 정원 정원수 금은화는
꽃이 예뻐서

향기가 예뻐서
산비탈에서 데려다 심었더니
초여름 한철 금은화 피고 지며
내 작은 정원 저리 홀로 핍니다

초여름 내내 향기 피우며
여름 익혀 갑니다
아침 인사도 향깁니다
작은 문 열면 노랑 하얀 인사
활짝활짝 미소가 곱습니다
작은 문 들어서면 인사는
향기 향기 향기롭습니다
한 달을 이리 인사하며
내 작은 정원 주인노릇 합니다
홀로 존귀한 님 가르칩니다

내 친구 금은화가 빗속도 뚫어
내게 달려와 안김은 향깁니다
노랗게 안기는 향기
하얗게 안기는 향기

비 오는 날에 젖어 스미는 님입니다
비 오는 날에 한송뜰
야단 조참법문입니다
조실은 한 허공
법사는 숲속 친구 새들과
작은 정원 금은화 인동초
울타리 신우대
오가는 빗줄기 속 솔바람
법석 알림은 풍경입니다
뎅그렁 뎅그렁
뒤늦었지만 꿩꿩 꿩이랍니다

비 오는 날에……

O 잘 살펴 갑시다. 조참법문 아는 '내'
미소 깨어 남에

꽁꽁 언 땅 긴 겨울을 지난 가을에 거둬들인
알곡을 먹으며 지냈습니다
12월이 가고 정월을 지나
이월도 지나간 어느 삼월
싹 하나 땅위로 올려 보냈습니다

다행히 얼음은 녹고 삼월 바람에 꽃샘추위가
못살게 굴었지만 굴하지 않게
밝고 따뜻한 해님의 보살핌이
있었기에 조금씩 자랐습니다
사월도 오월도 가고 유월입니다

마당 아래 돌담장 벗 삼아
키운 키가 담장보다 컸습니다
궁금한 담장 넘어 마당을 보고
부처님 성전도 보았습니다
활짝 웃음이 터졌습니다
환희로움에 그만 웃음이 터져
검붉은 웃음이 피어났습니다
웃음꽃 핀 낸 체키화입니다

활짝 웃는 나를 고운 맘
티 없는 마음으로 어여삐 얼러 줍니다…… 님이!~
휴대폰으로 낮에도 밤에도 아침에도 수시로 찍어
낼 늙지 않음으로 남깁니다
사흘이면 낸 다른 아이에게
어여쁨 물려주고 열매 맺어 가을로 갑니다

송이송이 활짝활짝 웃으며 예불도 하고 새들 노래도 듣고
보는 이에게 환희의 가슴 열어
활짝 웃는 어여쁨을 담게 한 낸 접시꽃입니다
체키화로 마지막 송이까지 담장가에서 웃음꽃 피울 겁니다
뜨겁게 달군 해님과 한낮을 보내고
하얀 달남과 까만 밤 지새며 활짝 웃는 웃음으로 보낼 겁니다
비 오든 바람 불든 체키화로 접시꽃 미소 지으며 갈 겁니다
모두가 행복 하도록^^!

체키화 함박 웃는 뜰
낸 접시꽃 되는 날에……

⭕ 잘 살펴 갑시다. 체키화가 접시꽃이라 아는 '내'
미소 접시꽃。

언제 적부터 살아 왔는지
언제 적부터 뿌리 내렸는지
한 잎 한 잎 차고 올라옴이
마디마디 샛길 연다

푸른 잎 키워내는 줄긴
마디마디 곧게 세웠다
한랑 한랑 흩날리는 잎이
귀엽고 사랑스러우리라

그 사랑은 한 잎
떡잎 되어 가는 한 잎
곱게 따다가
맑게 우린 박하차
향, 화~하다 쨍하다

음~
화~함이 입속 가득
혀를 지나 흘러든다
화~한 상큼

입이 마셨는데
머리가 맑다
맑은 차라
온몸이 상큼상큼 톡톡~~

고이고이 자라다
내게 온 한 잎의 차
그 애 이름은 박하
박하차 한잔이 심신을
톡톡 건드리며
무기력 깨우며 하나가 된다

방금 전엔 한 잎에 박하가
지금은 한 방울로 내가 되어
한 몸 이루어 뼈와 살로
내 되어 상큼 준 박하
머묾 없이 간다 한다
더 머물러도 되련만 간다

간다

정랑을 지나간다
아직도 남은 박하향
맑은 몸
맑은 맘에 여음이 따스한데
톡하며 멍함 깨워놓곤
갔다
어딘지 모를 곳에 아이들
깨우러 갔다

뒤뜰 고이고이 살던 한 잎
내와 한 몸 이루어 갔고
뒤뜰엔 아직 그 아이 젊음
푸르게 피어난다, 박하
푸른 잎 박하가 준 깨운
한 몸 이루어 하나된!……

O 잘 살펴 갑시다. 잠시도 머묾 없음 아는 '내'
미소 박하 사랑

백리향~

한줄기 푸름 따다가 투박한 차전에 담고

옹달샘 어둠 퍼다간

숯불 없고 재도 없는 화로 없는 화로에 우리니

차향 백리향 하늘에 닿는다

어둠 맑게 우려낸 차

연둣빛에 모락모락 피는

차 향기 백리 걸어 님에게

입술 닿아 향긋한 맞춤 백리길 피는 백리향 차

백리향 차 한 모금 삼천대천세계가 마시고

백리향 한 모금이 머금어 피어나는 한송뜰

몇 송이 남긴 체키화 곧게 섬이 백리향 바람에

흔들리는 차 한잔

맑은 님 고운 님 차 한잔!

피어오른 한 송이 뜰

백리향 차 머금은 날에

◯ 잘 살펴 갑시다. 이러함 이렇게 아는 '내'
미소 백리향

가만히 앉아 있다
내 안의 내를 보며
내 안의 내 고요적적

들린다
내리는 빗소리가
맑고 투명하게 들린다

올올하다
내 안의 내
알알 익힘인가!?

빗소리
굵게 들린다
듣는 내가 굵음 안다
굵어지는 빗소리
여름 장마를 생각게 한다
미래심인 줄 안다

내 안의 낸

안에도 없다
밖엔 더더욱 없다

빗소리에
새들이 조용하다
빗소리가 다 머금어서인가?!

내 안도 밖도 초연히 머금고 있다
부처님 성전에 앉았는데
문밖의 빗소리 잘도 듣는다
밖엔 세차게 내리는 비가 있다

내 밖에도 안에도
머금어 소소영영이라?!

새벽 비 내리는 날에
낸 새벽 비 되어 간다—" "

○ 잘 살펴 갑시다. 앎도 모름도 아는 '내'
미소 빗소리······

상쾌하게 시작했던 하루
피로 안고 저녁에 왔다
저녁이 바빠지기 시작한다
지침에 피로 회복시키려
까맣게 초롱초롱 움직인다
어둠이 밤 손잡고 하는 일
피로 말끔히 풀어 주는 일

많은 일에 낮 피로
밤바다 깊은 수면이
심연의 꽃으로 핀다
밤이 밤새워 하는 일
어둠에 곤함 잠재운다
고단함 까맣게 지운 밤
아침 영롱 낳는다
낮이라 노고에 지침은
밤이 청량히 만들어 잊혀 간다
밤이 어두운 건 잊으라고
과거심 까맣게 잊으라고
잊으매 새날이 옴 알라 한다

밤새워 일궈 놓은 맑음

동쪽 열어 뿌린 상쾌 상쾌

어둠 서쪽 재우러 가면

맑음 타고 밝아오는 새벽

아침이 맑고 밝게 깨인 건

밤이 두견새 벗 삼고

부엉이 눈 빌어

첫닭 우는 새벽까지

무심히 닦고 닦았기에

동쪽 하늘 환히 열린다

쾌활 쾌활한 아침은

밤새워 밤이 맑힌 섭리

밝음 쫓아 서쪽으로 보내고

밝음 부르며 동쪽 간 이야기

달마가 동쪽 간 이야기

달마가 서쪽서 온 이야기

'아침이라 쾌활 쾌활'

⭕ 잘 살펴 갑시다. 밤이 부르는 밝음 아는 '내'
미소 다르마.

사립문 열고 나오니
아직 남은 어둠 졸고
옛 님 홀로 지샌 법당
꺼진 촛불에 불 밝혀
잔 어둠 걷어 낸다

옛 님 계신 법당 안엔
어젯밤 정진한
참선의 법훈이 흐르다
늙은 중 산뜻이 맞아 준다
잘 잤느냐 부드러운 미소로
늘 찡그림 없이 웃어 준다

내 옛 님!
옛 님들 부동의 모습으로
변함없는 내를 보라 하신다
유동 아우른 부동의 님
말없음에 무한한 가르침
이어 오며 오늘도 여전히
옛 님의 역량 다하신다

예부터
변함없어 부처라 한다는
법성게 마무리 송이 있다
예 이어 지금에 이르기까지
변함없는 미소로
만중생을 제접하시며
말없는 가르침인 내 옛 님!

예가 어찌 예이랴!
예는?……
예가 아니라 예이라네.!
예!……
옛 님 미소 짓는 날—!?

○ 잘 살펴 갑시다. 매일매일 다름 아는 '내'
미소 순간.

실낱 달도 성급히
초저녁 달음질쳐 가고
참선 길동무들도
해시라 집으로 가니
까맣다 한송뜰
별들과
내 홀로 팽개쳐짐이
아쉬워 아쉬워서
토방에 앉아 하나 된다
우주인 한송뜰 된다

해시라 야반삼경
내 친구 반짝이들
저 먼 산 어둠엔 두견이
하늘엔 별들이 한 자리씩 걸터앉고
초승달 배웅한 내도
하늘 한 자리에 걸터앉았다
하늘 한 자리에
걸터앉아 하는 일
신선놀음

새벽

새벽 만드는 일

가만히 앉은 내도 빛내고

별도 고요히 빛내다

먼 산에 울던 두견은

어느새 곁에 앉아서 빛내고

까맣게 빛내어

새벽 만든다

모두의 양식 만든다

참선반 길동무들

집으로 자러 간 사이

낸 별들과 두견이와

새벽 만드는 일

일이라 그저 제 몫인

이 뭐꼬?

나무아미타불

나무관세음보살

○ 잘 챙겨서 갑시다. 아는 '내'
미소엔 미소.

우려도 우려도 그대로
우려도 우려도 한결같은
우려도 우려도 진국인
님의 말씀 한 허공!

몹시 바람이 일어
도솔봉 흔들어 가는 날
어둠도 바람에 날아가고
밝음도 바람 뚫어 옵니다

한 하늘의 일상
한시도 멈춤 없는 바쁨
하도 바쁜 일상에
늘 파란 깊음입니다

몹시 부는 바람
파란 하늘 실어 나릅니다
서쪽 하늘
동쪽으로 퍼내는 바람
그래도 서쪽은 그대로

그러나 넘치지 않는 동쪽

바람 서쪽 펴다
동쪽에 퍼붓지만
붉은 아침 해
동녘 밝게 적셔 옵니다
몰아치는 바람도
밝아 오는 아침
떠오르는 태양
막을 수 없습니다

내 여리지 길
천하 없는 제장애가
제 아무리 막으려 해도
여리지 없는 내 여리지 길
내 갑니다
여리지 이릅니다
낸 내로 우뚝합니다

⭕ 잘 챙겨 갑시다. 부는 바람 아는 '내'
미소 요지부동

새벽이라 피곤 털고
문밖을 나가니

새벽 신선이
내 신선을 어서 오라
산뜻이 맞이하네

늘 한 새벽이고
늘 한 내이기에
우린 늘 한 새벽 신선

내 없는 진리 없고
내 없는 새벽 없네
내 있으매 벌어진 세계여

한송뜰
새벽 신선
영롱 낳은 날에……

O 잘 살펴서 삽시다. 분별이 망상이라 아는 '내'로
미소 낸 하늘.

한마디 말이 무슨 소용
두 마딘들 필요할까

말없음이 빚어지고
빚어지니 말없는데
쉼 없는 너울 말없음이

아침이라 톡톡
저마다 톡톡
이러히 톡톡

산중에서
속절없는 부질만
그저…… 그저!

모두에게 감사할 뿐!
모두가 고요하여
행복하길 기원할 뿐

◯ 잘 살펴서 삽시다. 그렇다고 아는 '나'를
미소 앎에.

가는 밤을 말끔히
아쉬움 없이 보내고
돌아선 내게
맑은 바람이
아침 불러 반깁니다
토방은 앉아 보라 합니다

매미는 한여름 부릅니다
밤잠 재우는 자장가 시끌시끌
아침의 향연은 온갖 님들이
아침 바다 시원히 이룹니다
온갖 새들의 낙원이며
숲 친구들의 낙원입니다
한송뜰은 우리들의 낙원

내 머무는 이곳
비록 깊은 산중은 아니지만
산 중은 산중(山中)이라 춥습니다
산 중이라 압니다
소소영영 압니다

산 중이라?! 압니다
한송뜰을 압니다

누비 동방에
털 고무신이 제격인
산 중 새벽 아침 파란 입술이
그래도 좋다 합니다
상큼 신선함이 매력이랍니다
이 맑음이 이 싱그러움이
참 좋다 합니다
고요함에 든다 합니다
온갖 일어남이 부산한데

내 고요는
고요란 말도 부질없다 하는
이 아침에 깨어 앉아서──

○ 잘 살펴 삽시다. 맑은 아침 아는 '내'
미소 맑음에.

전깃줄에 제비 아기들이
졸졸이 앉았습니다
예쁩니다, 아가라
귀엽습니다, 어설픔이
뽀송한 여림이 멋입니다

둥지 떠나 날아도는 숙제 하곤
전깃줄에 앉아
나누는 지지배배 한담
말도 어설프고
날갯짓도 어설퍼서
마음 짓도 어설픈
어설픔들이라 정겹습니다

어설픔이 주는 정감
정감이 어려 한뜰 됩니다
한 허공 날아 앉은 날갯짓
날갯짓에 마음도 납니다
아가들 티 없는 맘입니다
제비나 꾀꼬리나

풀잎이나 사람이나
모든 아가의 순수입니다
순수한
순백의 아름다움 아갑니다

내 순백에 들어
순수해진 마음은
제비 아가들이 보여 준
삶의 뜰입니다
정겨운 이야기들
아름다운 이야기들
소담이라 맑습니다
맑음은 아가들 미솝니다

아가들의 미소
해맑음이 날아든 날에

O 잘 살펴 갑시다. 아가를 아가라 아는 '내'
미소 티 없는

어김없이 오가는 속
야반삼경이 가니 사경 새벽이 옵니다
오갈 뿐 멈춤은 없습니다
새벽 그늘 저만치에서는 아침이 다가 온답니다

동녘 하늘 붉은 노을 타고서 새들 잠 깨우며 옵니다
소제 말끔히 한 새벽에 새벽길 밟고 아침이 옵니다

새벽 길 위에 먼동이 트는
깨어난 새들의 소리 가만히 앉아 듣습니다
맑음입니다
새벽이라 참 청정합니다
밤이슬 머금은 심율
바탕 깊이 흘러든 울림
심연입니다 심~연!

수많은 새들이 일어나 하늘 그릇에 맑음 퍼다가
영롱히 세신하는 진언
각양 가음에 구업진언입니다
매미도 한 컷 거드네요

하지 여름 내 한철이라고

매미 노래로 아침 맑음 마십니다
노란 꾀꼬리 노래에 아침이슬 마십니다
비오새 부르는 소리에 이 맑음의 아침 마십니다
청호반새 비요오오, 신선한 이 아침이라 하는
참 좋은 아침입니다

모두가 깨어나는 소리 아침의 맑음입니다
솔바람 소슬히 불어와 귓불 스치며 갑니다
두 볼을 어루만져 갑니다
청량한 아침의 향깁니다
내들이 내게 오고 내 또한 내들에게 갑니다
청량한 마음 안고 갑니다
내들이 내게 그리 오고 내도 내들에게 그리 갑니다
청량히 새벽길 밟으며 하루 열어 갑니다

모두여 청량 하소서

○ 잘 살펴 갑시다. 청량함 아는 '내'
미소 늘 한.

아침 맑은 공기 마시고
선화가 지어준 값진 공양
마음 우려 넣고 손맛 내어
정성으로 지은 공양
아침 공양 한 그릇 비우고

아침이슬 떼어다
솔향기에 다려낸 차
차 한잔 여유 부렸습니다
한 잔에 노고지리 띄우고
한 잔에 산제비 날리는 춤
차 한잔에 깃드는 한 곡조
휘파람 휘파람새가 뽑습니다

아침을 마시고
우주 한 사발 마시고
차 한잔 하늘에 날아
아침 비 불러 주룩주룩
뚝뚝 한잔에 채워집니다
한잔의 차에 깃든 아침

빗물에 감겨 옵니다

유월 하순 징조
뚝뚝 떨어지는 빗방울
구름떼들 모으는 구름
장마가 오나 봅니다
유월 스물 이레 수요일
음력은 오월 열나흘 아침
차 한잔 마침입니다
마침!!

장마
긴 걸림이라는 장마
지혜롭게 장마를 넘고
가을날에 알알 익읍시다
모두여 행복하소서

⭕ 잘 챙겨 갑시다. 좋고 나쁨 바로 아는 '내'
미소 지혜로운。

아침에 쏟아 붓던 비는
먹구름이 몰고 갔습니다
얼마나 재바르게 달려가는지
쏟던 비도 비 감추고 갔습니다
먹구름 뛰어 날다 기진맥진
겨워 꼬리가 하얘 갔습니다

흰 구름 노닐어도 될 뜰
먹구름 쫓아 갑니다
파랗게 놔두고 갔습니다
파란 하늘 되었습니다
파래서 새파란 하늘이
줄줄 흘려 푸는 파람에
제비도 물 차게 날아 놀고
뻐꾸기도 솔개처럼 날아
유유합니다
자적합니다
우리들의 뜰 한바탕이라……

햇살은 한낮 넘은 오후라

밝게 깨어 비춤이 덥습니다
아침엔 솔드니
헉헉 깨임이 송글송글
팔만사천경 읽힌 송글송글
낮더위 삼복으로 쫓습니다
밤새 퍼붓던 비 데리고
먹구름 동북 간 사이에
파래 파람이 흐르는 하늘

비온 뒤라 파란 여여입니다
파람에 물들어 파래진 '이'
파란 의자에 앉아 파랗게
늙어가는 중이라 밝은 오후
낱낱이 한가함은 창창
산새들 날아 낢이 창공에
파랗게 한바탕 집니다

실구름 하나 옵니다
잠자리도
한 놀이 한 춤사위 합니다

둥근달도 서늘함 안고서
맑은 차 밝게 빚어
파란 의자 들고 옵니다
열나흘 둥근달 송글송글
서늘히 씻기며 파란 하늘
까맣게 지워 밝게 비춰 옵니다

꼭 한가위 같습니다
파란 의자에 앉아 하루 놀이
변화하는 무쌍이
머묾 없다 하는 그런 저녁
첨선은 달빛 아래 이 뭣꼬!
본연한 그늘에 듭니다
묵묵히 선연에 듭니다
여여로움에 듭니다
달빛 아래 서기 됩니다

O 잘 살펴 갑시다. 3000배 하는 날 아는 '내'
미소 3000배.

아기야!
비 머금은 아침이란다
성급한
아이는
하나
둘
떨어져
내리는 아침^^

늘 함으로 가는 길
그 길이
힘겨울지라도 간다
떨어지는 빗방울처럼
숲속 친구들 응원 들으며
한 방울
한 방울로
모두의 물이 되어 가리라
갈증
달래는
맑은 물이~^^~!

아기야!

낸

그리 간단다

그런

발걸음으로 간단다

세세생생을 ~^^~

늘 사랑한다

모두를

늘 한 님은 늘 ~^^~

⭕ 잘 살펴 갑시다. 세세생생 아는 '내'
미소 가는 길.

03시
어둠 둥지 깨고
조용조용
사뿐사뿐 숨죽인 걸음
새들 곤한 잠 깨울까봐
가슴에 닿는 한 스침에
청초한 고요로 내딛는다

어둠속
잠 깨우려는 도량송
한 발 한 발에 지혜 심는다
도량송은
나무관세음보살
나무아미타불
사유의 걸음 고요한 세상
숨죽인 발걸음 '내' 본다

내를 본다
봄에 허공 동트는 새벽
숲속도 먼동 터오고

종달새 기침하는 아기
맑아라, 노 고 지 리
새벽 맑음의 노래
맑게 깬다, 어둠자락이

매일 새벽길 걸어
아침 여는 소리
종달새 먼저 노 고 지 리~
꾀꼬린 놀라 꾀꼬로록
숲에 아이들 다~ 깨운다
매미도 얼떨결에 맴맴
바람 부스스 한결 이는데
별 초롱초롱
축시 지나 인시 밟으며
숲속 아이들 깨어 깨인
묘시 향해 간다

나날이
맞이하는 이 새벽
늘 새로움이다

어제 같은 다른 오늘

길 걸음은 홀로다 늘~

홀로 걸음은

마음 켠에 몸 자락 신고 간다

간다 ―'홀로'― 간다

내 홀로는 네가 있기에

낸 진정한 홀로…… 다!

O 잘 살펴 갑시다. 이유 불문 아는 '내'로

미소 신선한

한 끌 한 끌 모아다가
한 끝 한 끝 이어 쌓아 놓고
두 그루 푸름도 옮겨 심고
나름 견고하게 지었습니다

비록 님들의 열린 신발장이지만
내겐 최상의 명당입니다
비가 와도 걱정 없습니다
고양이가 올 수 없도록 높은 곳
스님 신발 옆에 지었습니다

가끔 신기한지 창문 너머로
낼 훔쳐보는 스님 계시지만
그닥 걱정 안 합니다
우린 하나라 하시는데
설마 우리 가족 해치는 일을
하시겠습니까
걱정일랑 묻어 두고 알 품는 일
본연의 일에만 충실합니다
낸 내 삶에 충실하고

스님은 님의 일에만 충실하실 테니까요

급기야 오늘은 우리 집
스님 마음이 찍습니다
뭔가 싶었지만 일명 사진인 것 같습니다
뭐~ 괜찮습니다
초상권이야 있다지만
우리 딱새는 상관없습니다
어차피 함께 사는 세상이니까

뭐 그렇습니다
비가 오려거든 와도 됩니다
내 집은 견고 하니까요
샐 염려 없거든요
바람 불어도 흔들릴 리도 없으니까요
어리석을까
스님의 목탁 소리 염불 소리
경전 읽어 주시니 깸입니다
아이들 맑게 깰 겁니다

비여, 오려거든 오시구려
바람이여, 불려거든 부시구려
낸 한송뜰 법당 옆 신발장 고층에 집 짓고
한 날개 폴폴 날면
먹을거리는 널려 있으니까요

비여
바람이여
님이시여
오시려거든 오시구려,
숫타니파다
귀에 딱지 지도록 들었으니
님께 귀의하리다
님의 품에 들리다
님처럼 되리다

비여 오시려거든 오시구려
낸 내게 들 테니!⋯⋯

○ 잘 챙겨 갑시다. 견고함이 뭔지 아는 '내'
미소 님처럼

어제는 숫타니파타를
인용해 보았습니다
목동이 석존께
우기철을 맞아
목동으로 단도리 하여
걱정을 벗어난 이야기
아무 걱정 없으리 만치
견고하게 살아가는 삶

석존도 이야기 들으시고
숲속 나무 밑에서
하루 저녁 머물지만
비(번뇌)가 오려면 오라
마음엔 아무런 갈등 없으니
오는 비 막을 수 없으니
장마 태풍 오기 전
단디 하는 삶의 교훈

목동도 목동으로서
걱정 없을 단도리 했고

석존도 비가 오든 바람 불든
견고한 마음을 이야기하신다
우리들도 마음을 견고히 하고
모든 재난을 방비하여
무엇이 오더라도
마음이 흔들림 없이 사는
사람이길 두 분의 대화를
딱새에 비유해 보았다

함께하는 벗들이
한반도로 태풍이 올라온다고
수해, 풍해 피해 없기를 바라는
마음을 간절히 모아
태풍의 세력이 작아져
필요한 만큼의 비가 내리고
메마름에 갈증 해소되는
그런 장마 그런 태풍이길
기도하는 님들이 있어
고맙고 감사하다

우리 늘 단디 하자
나와 내 이웃
내 나라 내 지구촌
내 우주가 평화에 이르도록
우린 어우러진 하나
우리 함께 살아가는 세상
그 길에 피해 없도록
미리미리 방비하자는
목동과 석존의 말씀
어제 딱새와의 대화로
조명해 보았다

소멸된 태풍이길
이 아침에 두 손 모은다

◯ 잘 살펴 갑시다. 삶 잘 단디 함 아는 '내'
미소 단디.

오늘도
숫타니파타
한 구절을 새겨 본다

'코뿔소의 외뿔처럼'

불이 타버린 재는
다시 불이 붙지 않는다

이처럼
모든 번뇌인 생각의 근원
'내'를 깨닫고
생각이 불타게 하지 말자

이와 같이 수행해 가면
번뇌에서 자유로우리
매순간 순간을
'촌철살인'으로
'촌철활인'으로 살자

불이 타버린 재는
다시 불이 붙지 않듯이
알 수 없는 '내'
'촌철살인'같이 챙겨
'촌철활인' 적멸에 들자

하늘 자락 깔고 앉아
괜스레 주저리는 날

○ 잘 살펴 갑시다. 번뇌 재처럼 아는 '내'
미소 함박.

사람들이
토해 내는 생각들
다양하다

같은 걸
같이 보고
토해 내는 말들
차원을 따른다

같은 걸
같이 먹고
만들어 내는 업장
제각각이다

토해 내는 생각
튀어 나온 말들
세모, 네모, 길쭉 짤쭉
둥긂 다름이다 다름……

모를 일

모를 생각
모를 말들
……그렇다

바로 보고
바로 듣고
바른 실천
올곧음의 여리지 길

= 생각 허공에 태운 날
   말 허공에 사룬 날에 =

O 잘 살펴 갑시다. 그럼을 아는 '내'
미소 다름에.

때론
마음이 무겁기도 하다?!
마음이 날아갈 듯 가볍다?!
생각 없이 멍청하다?!
그냥 맑아 '툭' 트였다!

'!'
여긴 그저~~~
소소영영! 지금

태풍 지나간 자리 파란 하늘
하늘 파랗다?
파란 하늘이 하 깊어!

내겐 파란 하늘이 좌보 처고
푸른 산이 우보 처다
그렇다—

푸른 산 벗이고 파란 하늘 벗이다
낸 그렇다—

오가는 말들이야 말일 뿐
말인 말, 그 말들 낸 모르겠다

그저 일없이 몸 늙혀 가고
늙은 몸 이끄는 맘이 고작

마음도 이름
늙은 몸도 모양
내 협시불
이름은 좌보 처고
모양은 우보 처다
그렇다 ― '낸'

낸

모양 자락에 앉아
이름 하늘에 품는다
그렇다 ―"   "

잘 살펴 갑시다. 태풍 지나감 아는 '내'
미소 한바탕.

금족오
가만히 앉은 그늘
상쾌함에 새벽
새벽 금족오가
날갯짓 없이 너울너울 내게 든다

삼족오 아닌 금족오
어둠 열며 새벽 새벽
새벽 금족오가 소리 없이 너울너울 내게 든다

토방에 앉은 새벽
까만 밤 깨어나는 새벽
말이야 무엇이 필요할까
새벽 새벽 내게 든다

천상천하 유아독존 말이 없는데
금오
새벽
새벽 그리
금오 내게 든다

말이야 뭘 못 하리
귀먹은 아기의 미소
몸짓이야 뭘 못 그릴까
맘이야 이는데 아침 아기 내게 든다

맑음아
아기야
금족오
어찌 발만 금
금이야 어디에 있든 금
새벽 아기 내게 든다

토방은 늘 그러하게 있고
아기
새벽 늘 이러히 새벽
금족오
아기 아기 내게 든다
내——! " "!

⭘ 잘 살펴 갑시다. 아기 아기 아는 '내'
미소 새벽 아기 ˎ

금강경 제2분
선현이 법을 청하다

"시 장로 수보리 제대중중(時 長老 須菩提 在大衆中)
즉종좌기 편단우견 우슬착지(卽從座起 偏袒右肩 右膝着地)
합장공경 이백불언 희유세존(合掌恭敬 而白佛言 希有世尊)"

이제 살펴보기로 하겠습니다

수보리 존자께서
석존께 여쭙는 내용입니다
우리가 선지식이나
웃어른께 여쭙는
자세를 기록하신 겁니다

거룩한 자세 우슬착지
두 손 가슴에 모으고
머리 숙여 법을 청하는 모습입니다
이렇게 아주 작은 행위도
경전에 수록되었습니다

수보리 존자께서 첫 말씀
"희유하옵니다 세존이시여!"
여쭙는 자세와 언어 선택
희유란 말과
세존이란 칭호로 제자의 도리
어리석음을 벗어나고자
여쭙는 이의 모습을
제2품 첫 구절에 명시했습니다

누구나 다 아는 일
아주 평범한 일입니다
이 가르침을 볼 때
평범한 작은 것부터가
초석이 됨을 명시하였습니다
내가 있는 위치와
내가 사람스럽게 사는 법이
이와 같이 중요합니다

사람이 사람스러움
만물에 영장이 되도록

가르침을 보이십니다
부처님, 성인, 스승님, 웃어른
모든 분께 가르침을 받고자 하면
나를 낮추고 겸손하여
공경하는 마음 자세로
본받음을 청하는 것입니다

요즘 세태를 보면
겸손의 자세는 찾을 길 없이
멀어져 간 것 같아 옛 님들께
죄송스러움도 있습니다
경거망동이 난무한 것 같아
아, 외마디 나올 때도 있습니다

적어도 나만이라도
이런 사람이 아니고 싶습니다
(사람이 짐승만 못하다)는
옛말을 가슴에 새기는 그런—
나 하나 만이라도
사람, 참사람이고 싶습니다

수보리 존자처럼
스승께 예를 표명하는 마음
스승께 법을 청하는 모습
그 마음 그 모습이
아라한이 되신 첫걸음처럼
사람답게 참삶 살고지고 싶습니다

집을
지으려면 기본이 초석입니다
기초 없이 완성 이룰 수 없습니다
첫걸음이 만 리에 이르는 것입니다
아상을 여읨이 없이
여리지에 들 수 없습니다
잘 갑시다
사람의 도리 제대로
챙겨서 완전함에 이릅시다

'희유합니다. 세존이시여'를 새기는 날에

⭕ 잘 챙겨 봅시다. 아는 '내' 여리지 길
미소 바름에 。

아침에
한 모금 물 마신다
따스하게 데워서
밤새 움직임 덜한
내 아이 따스하게 보듬는다

따스한
한 모금의 물이
내 아이 따스하게 덥힌다
이마에 송송 땀방울 내밀며
밤새 차던 아이 따스하게 감싼다

따스한
한 모금 물에 감사하다
감사해 하는 아이도 감사
우린 서로 감사하다
오로지 감사할 뿐이다

세세생생 널 길러 온
아는 내도 참으로 고맙다

아는 내 길러 내는 우주인
한송뜰도 참 고맙다
자연히 오가는 속 참 고맙다
고맙고 고마울 뿐
내 벗
한송인(人) 참으로 감사하다

한 사발 따스함이 흐른 날

○ 잘 살펴 갑시다. 아는 '내' 확실히 알도록!
미소 고마운 님.

2562.07.09. 월요일

늘 한 뜰에
늘 홀로건만
애써 더 홀로고 싶다

오늘
두 달간 공양을
공양한 문수보살

부족한
나눔의 장에
본연의 약사보살로

자비의 손길
대행이 서원인
대행보현보살이 되네

이 아침
맑음 타고
사바세계로 나투네

● 모두가 꽃이다 ● 늘봄

대행 보현보살
여여하게 피는 모습
아름다운 선화이네

늘
모두를 사랑한다네
늘 한 님은 늘~

O 잘 살펴 갑시다. 대행보살 보현 아는 '내'
미소 선화로.

빨간 콩
너무 빨개 하얘지려 했네
하얘지려
하얘지려고
봄 뙤약볕 마다 않고
비구름 천둥 한 아름 안았네
여름
하지 껍질 벗긴 내 속살
에구머니
온통이 줄무늬네

순백
하얌이 좋아서
하얀 봄볕에 꼭꼭 숨어
종달새 소리에
꾀꼬리 소리에 살찌우며
뻐꾸기 소리에 사춘기 보내고
매미 울던 날에 청춘
하얀 청춘 가슴 열어
하지에 감자 따라 왔네

에구머니
빨간 애가 줄 긋고 가버렸네
세월 강 저 너머로……

빨강 하얌 닮고픔이
하얌 순백이고픈 날
비애~??

알록달록
낸 이대로 낸데
하얀 몸에 빨간 줄
그냥 그게 낸데
빨강이 있어 좋고
하양이 있어 좋은
내 맛 뉘 따를까
내 멋 뉘라 따를까
낸 그냥 이대로 닐세!
낸──!

○ 잘 살펴봅시다. 물듦 없는지 아는 '내' 로
미소 그대로

장마 끝인가
간밤은 하얀 밤
하얀 안개 떼가
세상 구경 나와
발 디딜 틈도 없이
짙게 깔려 하얀
하얗게 어둠 씻긴 밤

하얀 안개 바다
고임 없는 안개 바다
안개 속
포터잠수함 도광이 키
쏘나타잠수함 선묵이 키
부지런히 간다
만공 찾으러 간다

두 눈 밝게 뜨고 간다
요란 떨며 간다
사뿐사뿐 걸어도 되련만
안개 바다 가로지르는

네 바퀴 구름 굴려 간다
삼경 고요한 안개 바다
고요 뚫어 간다 쏜살같이
만공 잡으러 간다

갔다
다시 올 길 갔다
만공 보러 왔다
만공 잡으러 갔다
예다움 동굴 찾아 갔다
길 잃는 일 없을 테지
내비게이션이 길 알 테니
내비가 알 테니……

○ 잘 살펴 갑시다. 안개 속 아는 '내'로
미소 내비

곱다
어느 강
어느 산을 거쳤기에
이 맑은 빛깔이 나오나

연노란 옷은
노란 치자가 먹여 주고
연분홍 옷은 이름도
생소한 비트가 입혀 주어

타오르는
열정의 강을
넘고 넘어 오르고 올라
푹푹 찌는 구름 나라 지나야
익혀진 고움이 곱고
익혀져 쩌진 빛깔 맛깔스러운
접시 하나 바쳐 놓고
하트 하트 모임이네
송편
솔잎 없이도 송편이라네

예쁜 맘이 빚어

고운 맘이 쪄낸

맛 멋이 초록이네

칠월 한여름이 빚어낸 송편

한맛이라네

일미진중 함시방(一微塵中 含十方)이네

O 잘 살펴 갑시다. 마음 따른 움직임 아는 '내'
미소 온화.

빨갛다, 대추방울토마토
빨간 물감 내 몰래 먹어 빨개졌나
알알한 대추 토마토
늙음이 빨강이네

빨강 빨강 빨강
빨간 대추토마토
한 알에 빨간 젊음이
한 알에 팽팽 돌아든 주름
젊은 날 애상
대추토마토 빨강에 심는다

도광 삼좌는 매일 먹어
빨갛다 못해 까맣다
적당히 먹어야겠다
도광처럼 까매질라
늙어 보잘 것 없는데
까매서 추접할라^^

토마토 도광이야

매일 먹어 숯뎅이^^
있어도 없어도 옆에 있어도
내사 주려야 먹네
맛 찾아 헤맬 일 없네

저 하늘 자락 끝엔
빨간 대추토마토
도광이 본연스럽게 키웠네
빨간 대추토마토
손에 닿고 눈에 보여도
주린 배라야 한 입

'간다
빨갛기에
발 없는 토마토 간다
갔다
본연에 본연스럽게
툭 ―'

⊙ 잘 살펴 갑시다. 내 소소영영한 '내'
미소.

세월 흐름을 절감한다
돋보기 없이 작성하던 문자
돋보기 쓰고 작성해도 오타
돋보기 아니면 그나마도
살아 있는 글이 없을 것 같다

돌아가는 길이라 뭐든 굼뜨다 흘리기 일쑤다
골수가 말라 가서 그런가
껍데기 쭈글쭈글 하다
푸석푸석 부서져 간다
아직은 아니라고 해 보지만
훌쩍 반년이 가버렸다
주름 주름 잡아놓고……

모든 살아 있는 것은 피해 갈 수 없는 늙음이다
먼저 가신 님들의 길 오차 없이 밟아 간다
지금도 늙혀 가는 길에
모양 영원한 싱싱 없다
모양 만들어 모양 있는 것은 모두 다
언젠간 허물어진다

허물어진 흔적
흔적이야 흙이다
흙이야 모양의 원천이고
원천이야 원천이랄 게 없다
모양이야 그럴진대
모양 만드는 이것?……
이것? 원천이랄 게 없다고
'아는 이것?' 뭘까?

곰곰이 나라고 하는 이것 사유해 보자
늙고 병들고 하는 이것?을
이끄는 무엇?
그 무엇?에 집중하여
영원불멸 알아 보자
부서져 없어지는 몸뚱이
이 몸뚱이 이끄는 무엇?
하루 한 번쯤이라도
깊게 사유해 보자

○ 잘 챙겨서 갑시다. 그렇다고 아는 '내'
미소 ~^^~

허공 때
장맛비가 씻기고
태풍 바람이 말려서
하늘 파랗다

하늘
파랗다
드넓은 게
몽골 벌판처럼……

초원
말 달려
푸른 꿈 꾸던 그때
그 벌판인 듯 아련하다

하늘
한 컷에
묻어나는 시절
지나감이 묻어 놓은 그때

그때
아련함은
저녁나절이 멀었다 하는데
초가집 굴뚝엔 연기 서린다

앞뜰 망아지
엄마 찾아든 뉘엿뉘엿
매운 눈물 저녁연기 때문

초승달
눈썹 웃음이
놀러 나온
저녁 무운에 진다

휴!
갈 길이 바빠서인가
마무리도 못 했는데
훌 날아갔다, 훌~

○ 잘 살펴서 갑니다. 단디 잘~ 아는 '님'과
미소 파란.

밤하늘
길게 늘인 강
별들의 강

여름 하늘답게
별들 다 모여든 은하수

은하 은하수 강 따라
피서객 이쪽저쪽

저쪽 별
이쪽 별
건너고픈 은하강

길게 늘인 은하수 따라
피안의 강 건너고픈 맘

꿈꾸는
별들만 초롱초롱
미지의 세계 넘는 꿈

첫닭 우는 첫새벽 지나
아침이라야 깬 꿈

해 하나가 태운 한낮
별들이 모여 반짝반짝
은하수 뿌려 식힌 신선

밤새운 정진은 참선
선의 향기 맑은 새벽은
별 또랑또랑 씻긴 불볕

신선한 신선이 뿌린 새벽
맑은 심연이 퐁퐁퐁
솟아오른 상쾌한 새벽 길

이 새벽 맑은 기운
한낮 더위 잠재운 밤
은하수 별들의 향연이—

○ 잘 챙겨 갑시다. 덥다 맑다 아는 '내'
미소 늘 그러한.

복 뜰 불볕에 바람도 꼼짝 않고
에어컨 틀고 앉아 있나
불볕 무서워 숨죽이다
잠들었나 잠잠하다
살랑살랑 잎새 흔들며
실바람 오면 좋으련만
고요하다…… 헉'헉"
고요가 이렇게 쓰이면
고요 이건 아닌데

바람 한 점 없는 불폭탄
낸 용도 아닌데
입에서 불이 난다 확, 확
내 입에서 뿜는 불
불볕에 보태어 작렬한
불볕에 불볕 키운다
이것도 아닌데
동굴 내 작은 동굴이니
시원한 바람이면 좋겠다
옹달샘 시원함이고 싶다

하늘 용이시여!
하늘 날다가 데이기 전에
물 한 모금 뿌리소서
초목도 데이고
모두가 까맣게 타기 전에
우리 함께 길
시원한 구름 띄워 노니소서

하늘 용들이시여
님도 이 불볕에 데일까
걱정입니다
흰 구름 펼쳐 놓고
펼쳐진 흰 구름 그늘
양산 받쳐 들고 오소서
숨 쉴 수 있도록……
불볕 오늘만이길
두 손 모아 관세음보살

⭘ 잘 살펴 갑시다. 작렬의 태양 아는 '내'
미소 힘차게

님!……
한 자국 남긴 돌아섬
한 자국 한글 한글이
모여듦을 가르고
태어나는 긴 글 자국
한 장 영정에 묻혀 말없음이여

한낮
한 몫이 동아 수장
중생구제 어찌할 거냐며 내게 묻던 님
낸 내 몫만큼 중생구제할 테니
님이여 아소서
님이 바로 미륵인 걸
내 안의 내 미륵인 걸
박기태 회장님 몫만 하소서
첫 만남의 예기들
옛 이야기로 남는 날!

내 미륵 놔두고
먼 길 헤맨 님이시여

고이 접어 어느 길로 오시려나
님 오시는 길
이미 옛길 벗어난 길
옛길 이어 가실 님
멀리 가지 마시고 잰걸음으로 속히 오소서
님이시여!
동아의 님, 박기태님

어느 모습, 어느 탈
어느 흙, 어느 샘
어느 이름
그 어떠함도 괜찮으나
사람이란 모습으로 다시 오소서!
님
발인길
한송뜰 그늘에 앉아
감에 길 박기태 수장 보내며
다시 맞을 맘 추스리며

길 벗 한송인이 쓰다.

한낮 더위에
한잠 청했습니다
한 편 에어컨에
제 할 일 맡겼습니다

복 뜰에야 저를 찾아 줌이
반갑기도 할 겁니다

감사히 만든 바람 낮춘 하심
시원히 받으며 쿨~쿨

잠 부르니 이내 오나 봅니다
창문 그림자 져 지납니다

한 마리 파랑새가 그림자 창문에 드리우며
자지 말고 쉬라 합니다

한 권의 책
손에 잡아 봅니다
파랑새 꽥꽥 꽤꽤꽥~

한 권의 책
손에 앉아 놀고
손이 읽고 낸 물끄러미

잠꼬대
만뢰(萬籟) 잠잠 잠꼬대
눈 푸르게 뜬 만뢰 잠꼬대

초복 길에 잠꼬대
더위 먹은 잠꼬대
잠 설어져 간 잠꼬대

낮에 피는 잠꼬대
뜬눈 감아 날립니다
잠꼬대 푸른 창공 아득히
심연 내게 돌아듭니다

휴~ 날에 휴―

🅞 잘 살펴 삽시다. 꼬대, 잠꼬대 아는 '내'
미소 복 뜰.

새벽 거미
이슬
촉촉이 진 풀잎에
걷혀 갑니다

아침
문 빼꼼히 열고
붉은 노을 보냅니다

중천
한낮이면
기승에 더월랑 잊으라고

촉촉
똑똑
이슬방울 떨굽니다

떨어진
한 방울
한 뿌리에 젖어 듭니다

푸르름
녹음 져 가는 여름살이
떼 더윈 입추라야 갑니다

삼복 뜰
초복 지나 중복 길
익음의 길 단디 하는 길

우리
하늘 우리 단디 하는
오늘 하루 되소서

○ 잘 챙겨 갑시다. 더위라 아는 '내'
미소 쨍.

폭염 연일 떼 부리는데
뗄랑 접고 사는 삶
그런 삶인 내겐
그날, 그때, 그 시간, 그 초인
지금 이 순간 여기가 태초요
종말입니다

태초는 발꿈치에서
종말은 발가락에서
낸 비로자나 중심에서
태초는 왼쪽 님이요
종말은 오른쪽 님이네
비로자나는 중심 '내' 님

그 아는 '내'
첫새벽 깨워 문 열어 밖에 나오니
신우대에 기댄 인동초
산뜻한 새벽 인사 안녕^^
이슬 맞아 푸른 소담 안녕!
안녕 인사에 화답합니다

인동초
인동초 꽃
하얗게 피는 웃음에
하얀 볼우물 패이면
웃음 노랗게 피어 날아
묻어나는 내음 그윽이~

낼 부르는 소리
낼 기다리는 마음
님의 향
풀어낸 뜰 그윽이
아지랑
아리랑 피어 넘습니다

모양 광활한
파란 광주리 가득
하얀 여림 담아내고
노란 마음 익혀 가는
그윽함에 영롱 담습니다

금잎 따다가
은잎에 재운 꽃
차관에 다려내니
찻잔 입술 하늘에 닿아
피어나는 그윽함에
향 한 잔이 내가 됩니다
향 한 잔이 우리 됩니다

그윽한 침묵
침묵은 님의 향깁니다
님의 고움입니다
폭염 속 인동초 피어 하늘 오르는
기우제 향깁니다

모두여!
건강하여 행복 만드소서
함께 가는 길 목마름 없는
맑은 샘 퐁퐁 샘이 되소서

○ 잘 살펴 갑시다. 아기 맑음 아는 '내'
미소 그윽하게.

태양이 이글이글
한낮을 태운 열기
저녁나절에 조금씩
아주 조금씩 식혀 간다
한소끔 식힘에 별 하나가

한낮 타고 남은 열기
산내리 바람 밤 불러 오면
두소끔 식혀 또 하나의 별
하나가 반짝, 둘이라 반짝반짝

하나가 나오고 둘이 뜨면 무수한 별들
여름 하늘 서늘히 식히고
낮 열기 퍼다가 은하수에
담그면 피어나는 밤안개
별들은 아침이슬 빚는 밤

잠깰까 고요 밟는 삼경
은하수 소리 없이 흐르고
별들도 소리 없는 속삭임

한낮에 뜨겁게 달궈짐
어서어서 식으라 하는데

실안개 삼경 넘어 맑은
아침이슬 낳는 새벽하늘
물안개 날개엔 이슬 달아
여기저기 딩동~ 아침!
아침 나른다 맑은 이슬 싣고

한낮 불볕더위 속 지나려면
밤이 만들어준 보약
맑은 이슬 한 사발
새벽 댓바람 마셔 보자

한 사발 한입에
맑음을 시원히 마셔 본다
아침 한 사발!

지친 한낮의 삶 낮, 낮을
새벽이슬로 뿌려서

시수하여 뽀얗게
시음하여 시원하게
세신하여 개운한 날
우린 이러히 복 뜰 넘는
새벽 하늘 우리!……

〇 잘 살펴 갑시다. 폭염이라 아는 '내'로
미소 시원한

열이란 놈 열대야에 풀어 놓으니
야반삼경 열대야입니다

밤 별들도 식히지 못한 열기
그래도 바람은 붑니다

바람 없는 열대야가 나을 것 같은데
적도 열기 몰아온 바람 덥습니다

푹푹은 그나마 괜찮습니다
따갑게 살갗을 파는 열기
열대야 숨 막아 옵니다

기억조차 가물가물한 선풍기
바람 만드는 선풍기 돌려 열풍 몰아 봅니다
숨은 쉴 것 같습니다

밤하늘 별들도 더위 먹어 가물가물
끔뻑끔뻑 희미한 밤하늘
은하수도 더워 보이지 않는데

카시오페이아 따르는 금성

노을 먹고 왔는지 붉은 얼굴

서산 끝에 매여 갑니다

샛별 길로 황급히 갑니다

그래도 먼 산엔 접동이 웁니다

솥 덥다고 솥 덥혔다고

솥 밟아 오실 님 , , , ― 접동

삼경은 흘러 동산 가고 사경은 흘러 서산 가는데

열 풀은 열대야 갈 줄 모르고

붉은 아침노을이 덥다 합니다

오늘 하루도 고요히 더위 맞읍시다

더위가 심심해 도망가도록

월요일 쉼에 일터 만듭시다

모두여 건강하소서

⭕ 잘 챙겨 갑시다. 소소영영 아는 '내'
미소 휴휴한

아뿔싸, 이런 일이 있네요
엊그제 19좌 보혜랑
21좌 정진이 다녀갔습니다
날씨님이 하 더워
내 애마 문을 열어 놨습니다
뜨겁게 달궈진 화기 빼내느라
다섯 문을 활짝 열어 놨습니다
유해물질이 갇혀 있다가
훅- 나옵니다
오온이 공해졌습니다

21좌 정진이 놀라며 스님
차 문 열어 놓지 마십시오
뱀이 차에 들어갑니다

설마 마당인데……
그리고 여긴 뱀 없데이~
어이구~ 스님!
그래도 조심 하십시오
차에 뱀이 들어가는 일이

비일비재합니다, 라며
차 안을 샅샅이 살펴보고
차 문을 닫아 줬습니다

이튿날 도량청소 하려는데
내 애마 보닛 철판 위에
뿌옇게 앉은 먼지에 뭔가??
그림이 그려져 있습니다
자세히 보았습니다
꼭 용이 승천하는 그림입니다

간밤에 용이란 놈이 차 위에
구불구불 몸뚱이 흔적 남겨
내 여기 있다고 말한 겁니다
낮에 정진에게 한 말을
들었나 봅니다
내 애마에다
이렇게 말하고 간 걸 보면……

여러분

절대 차 문 열어 놓지 마세요
뱀이 들어 갈 수도 있으니
조심 하세요
더위도 조심이지만
여름날 뱀 특히 독사 조심하세요
말벌도 조심하시구요

그러나 첫 번째 조심은
우치한 내 마음들이겠죠
내 차원대로 생각하여
옳은지 그른지도 모르고
생각난 대로 행동하는 것
그것이 내 복 깍아 먹는 좀,
'좀'인 것 같습니다

옳건 그르건 아는 '내'에
먼저 집중하여 살핀 뒤 행하는
그런 수행인 우리 됩시다
내 문단속 철저히 합시다
열려 있는 육문으로

바람 들어올라

삼독 들어올라

나락에 떨어지지 않게

육문 단속 잘하여 갑시다

바름에 우리들 되어 봅시다

O 잘 살펴 갑시다. 우치 벗어남 아는 '내'
미소 단속.

태풍
사이에 끼여서
참 덥다

태풍
비껴간 자리
참 뜨겁다

태풍
오다 만 자리
벌겋게 달아올라 참 덥다

구름아
비구름아
이젠 와 주렴
어서 와서
이 폭염 식혀 주렴

거침없는
말간 허공에

구름아 한 점으로 오렴

떼로 와 주렴

타는 아이들 보살펴 주렴

마음 모아

우리들 마음 모아

나무 관세음구름보살

나무 관 세 음 구름보살

나무 관 세 음 구름보살마하살

나무 니르바나여!

O 잘 살펴 갑시다. 구름의 소중함 아는 '내'

미소 구름.

아침이슬
아침이슬의 영롱함
그 영롱함을 본 지가
아득한 것 같다

이른 아침에 말간 구슬 영롱함
영롱한 얼굴의 미소!

그 미소를 오랜만에야 본다
아침 문 열면 반기던 님
오늘에야 맞아 준다

몇 날 며칠 끝도 안 보이던 이슬
댓잎에 대롱대롱

금잎에 초롱초롱
은잎에 말갛게 매달린 영롱함!

참! 반갑다
그리웠던 맘이 눈보다 코였나 보다

흐읍~!
금향에 이슬을
은향에 이슬을
댓잎에 말갈을
흐~흡~ 깊은 샘까지
솟아오를 아뢰야(阿賴耶) 묻는다

아침이슬 영롱
그 잎이 만들고 은잎이 만들어
풋풋 댓잎에 매달았다
고운 님 반겨 맞으려고!

퍼붓던 태양의 이글
이글이글을 금잎 은잎이
댓잎에 매달아 왔다
긴 밤 은하수 데려다가
한 이슬 한 방울
이 아침에 고이고이!

○ 잘 살펴 봅시다. 덥다고 아는 '내' 더운지
미소 아침이슬.

간밤엔
밝은 달빛이 하 좋아
법당 한 칸을 빌렸습니다

참선 벗들이
집으로 돌아가고
둥근달이 왔기에 한 칸을

자시인데 한낮에 탄 잔 열기
후덥지근한 불유쾌 지웁니다

한아름 달
자시라 보름달이라 합니다

밝은 달 노랗다 못해
금잎 같습니다

금화 보름달이
법당 한 칸에 앉았기에
내도 보름달 팔짱 끼고

법당 한 칸을 축 삼은……

삼복 중
유월 보름날
중복이 중복인 날

밤 깊어 축시 지납니다
축시도 잠시면 인시 됩니다

보름달
인시 길 밟는 약속
초저녁 그늘에 만나요

밝은 달
내 벗 보름달
보름 길 갔습니다 밤길 홀로!

칠월 이십칠일 길 홀로……

O 잘 살펴 갑시다. 오고가는 속 아는 '내'
미소 밝은 달.

앞산
산인지
하늘인지
분간하기 어렵습니다

어제
저녁나절부터
산봉우리
흰 구름이 감추더니

산수화
제대로입니다
푸른 산 허리
잘록하니 휘어 감아

눈이
빠집니다, 산수화
마음
스몄습니다, 구름 속

참매미
아침이슬에
청량한 맴맴 맴
그야말로 자연입니다

산
수
화
숲속 친구들 소리
배경 깔아 자욱한 하모니

이
아
침
흰 구름
하늘에 한~ 점!……

O 잘 살펴 삽시다. 변화무쌍함 이치 아는 '내'
미 소 늘 한

오늘은
한줄기 태풍이 필요한 날
타는 초목 목마름 풀어 주고
계곡, 계곡
바닷가, 바닷가 모여들어
버려진 쓰레기들
말끔히 세신시킬 님은
한줄기 태풍이 데려오는
한바람
한 물바가지 퍼부어 씻겨
털어 놓은 쓰레기 바다로 보내
일미 만드는 일

태풍 한줄기 간절한 날
빗줄기 한 바가지로
화택 재우고
더럽혀짐을 깨끗이 씻길
태풍 한줄기 필요한 날
비여
어서 오소서

비여

주룩주룩 내려오소서

인간이 더럽힌 대지

말끔히 씻겨 주소서

한마음 맑혀 주소서……

O 곰곰이 생각해 봅시다. 무엇이 옳은지 아는 '내'로
미소로 맑게.

태풍
이름
종다리

이른 봄날
대숲에서
맑은 하늘 날아

고운 소리
고운 울림 주던
종다리 새들

그 맑은 소리만큼
태풍 종다리도
맑은 바람 맑은 비이길

타는 초목 보며
불러 봅니다
곱게 곱게 다녀가 주길

이 순간
종다리 우짖으며
하늘 날아 숲에 가는데

태풍 종다리도
맑음 소리 맑은 물로
곱게 다녀 허공에 가길

여긴
바람 시원히 지나는데
간절한 바람은 다른 곳에도……

◯ 잘 챙겨 갑시다. 소소영영 아는 '내'
미소 바람

체키화
한 줄기
마디마디 피운 꽃

마지막
한 송이 꽃은
하늘을 날고 싶어

땅에서
높이 솟아올라
담장보다 키운 훌쩍

날고 싶어서
하늘 날고파서
키워 키운 키 한줌 흙이

흙
땅이 없인
하늘 나라 묘연이네

핌

땅

땅 여는 순간 하늘 닿는

땅

하늘

너

나

우리

한~

끈**!

⭕ 잘 살펴 갑시다. 한 걸음이 묘연 아는 '내'
미소 함께.

불볕 칠월은 갔습니다
7일 입추란 이름에 절기
입추가 있는 팔월 초하루
팔월이라 아침이
어제보다 시원합니다
이름이 제 역할 하려나 봅니다

참매미 일찍 일어나 맴 맴맴
막바지 더위 말복 노래 젖습니다
저어 젖는 노 가락은 뱃노래
맑게 빚어내는 소리에
시원한 흐름은 바람입니다
말복 익혀 가는 풍년
가락가락 맺어 갑니다

푹푹 하던 날씨님도
따갑게 내려앉는 햇살에
까실하니 밤송이 키우는
양력 팔월 초하루
풀잎에 맺혀 가는 이슬

아주 작은 양이지만 그래도 반갑습니다
님의 고귀한 선물이기에

관음 중에 정취관음이
이슬 내려 오셨는지
말간 이슬 풀잎에
까망이 내 애마 이마에
말갛게 동글동글 동글려
아침 햇살 영롱 맞으러 동녘 갑니다

팔월 초하루 길에
우리들 익어 가는 관음
오늘 말간 정취관세음
맑은 정취관세음보살로
맑은 이슬 내려 오십니다
팔월이라 서늘도 살짝
살짝 한마음 자아냅니다
살짝!

O 잘 챙겨 갑시다. 말간 이슬 아는 '내'
미소 이슬.

맑은
달빛에
벗들 실어 보내고

함초롬
추녀 끝에
넋 엮어 달랑달랑

맑은
달빛에
은빛 물결 은하에 일고

한결~!
쏟아낸 콕콕
한밤 이야기 이 뭣고?

두런두런
풀은 이야기 콕콕
비집어 가슴에 여민

내 님
그린 그리움 이 뭣고!
영원한 내 님 까만 벌판 홀로

뼈 저려 삭아지는 님 소식
그려 내는 한밤 별 이야기!

휑하니 풀어헤친 가슴 콕콕
하얀 달빛 줄~줄
별들 젖가슴 타고 흘러
파랑새 밤새워 목젖 적신 밤

실낱같이 트이는 동녘에
밤하늘 사랑 하얗게 새움이
맺혀진 영롱함 이슬 지는 나절
토끼 걸음 묘시 묘시……
은하강 하룻밤 삶이여라~

◯ 잘 살펴 갑시다. 한 시절 소중함 아는 '내'
미소 여름밤

어젠
이슬 맺혀 놓고
소리 없이 가더니

오늘
뿌연 안개 품니다
도솔봉 속살 보일 만큼

반갑습니다
밤님이
밤길 걸어 푼 안개

메말라
탄 가슴
촉촉이 풀어 듦에

작은 가슴에
촉촉이 여운 심으며
살폿한 정 안기웁니다

새벽
사랑 촉촉이
여민 가슴 풀어헤친 실안개

촉
촉촉 닿는
님의 사랑 안갭니다

조금씩
촉촉하게 오는 걸음, 비 걸음
한줄기 사랑으로 적셔올 님

이 새벽
가습기 돌려 오면
가슴엔 촉촉한 사랑이
줄기질 아름다움입니다

O 잘 챙겨 갑시다. 촉촉한 사랑 아는 '내'
미소 함께.

연일
폭염주의 문자
내일모레 글피면 입추
입추 꼭지에
폭염주의 문자 매달아
세월의 강에 띄워야겠다

연일
폭염주의 재난 문자에
한반도 젖줄들이 타들어 간다
서울의 젖줄 한강이
신라의 젖줄 낙동강이
백제의 젖줄 금강이
호남의 젖줄 영산강, 섬진강
고구려 젖줄 두만강, 압록강
유유히 흐르지만 머금음 적어
젖양이 줄어 든다

폭염주의 재난 문자
입추절 지나면 세월강 타고

멀리멀리 가고 오지 않아도
조금도 섭섭하지 않을 내들인데
이글이글 폭염만 지속이다
아주 작지만
잔 이슬 태어나는 한밤에
분주한 산파는 별이랑 달
별들이 달이랑 폭염 씻겨
한 이슬, 이슬, 이슬 태어나는 밤

고구려 젖줄 두만강 압록강이
서울의 젖줄은 한강이
신라의 젖줄에 낙동강이
백제의 젖줄인 금강이
전라의 젖줄 영산강 섬진강이
맑게 맑힌 뽀얀 젖이 흐르면
들판이 기름지고 가득할 고광
우뚝한 산줄기 잘잘한 윤기이길
내일, 모레, 글피 입추절기이길
그런 입추절기이길
두 손 모아 마음 모아 아미타불

님이여
내 님이시여
그런 입추절기 보내옵소서
님이여
내 님이시여
불덩이 같이 타는 몸
몸살 치료엔 서늘한 바람과
함께 오시는 님, 비님이십니다
사랑의 비로 내려오시어
메마름에 젖이 되어 주소서
타들어 가는 땅
말라 가는 초목이 화냅니다
까칠하니 화냅니다
화에 삐쩍 말라 갑니다
그러하오니 어여삐 여기사
비 한 사발로 함께하여 주소서

○ 잘 챙겨 갑시다. 모두가 소중한 님인 걸 아는 '내'
미소 마음 모은 기우제.

길어진 밤 새벽 찬바람이
어젯밤 열기 몰고 갑니다
길어진 밤길이만큼 시원한 길로 갑니다

누가 뭐래도 우주의 유행은 돕니다
입추라 길어진 밤 하늘의 별자리도 바뀌었고
땅 그림자도 길어 졌습니다
마당가 밤 그늘에 오가는
찬바람이 서늘합니다, 상쾌합니다
시원한 새벽 바람이 불어와 가을문 열어 말합니다

어서어서 가라고
여름날 추억 속으로 가라
가라 합니다
개운한 한줄기 바람 부르며
먼 산 접동도 밤새운 서쪽
서쪽 서쪽 맑은 바람 부른
시원한 바람 몰아오느라
기진할 텐데 힘찬에 소리
서쪽 서서쪽쪽⋯⋯

마당가 그늘에 앉은 귀 바람결 서쪽쪽입니다
가을 문 여는 소립니다

스물 나흘 달 동녘 하늘 등 뒤에 두고
아쉬움 남겨 걷는 길 동녘 묘시에 밝아 오네요
한여름 인시인 4시에 밝더니
팔월 초닷새 하지가 퍽 멀리~
멀리 갔습니다, 가을 길 문 열고
법당 뒤 소나무에 앉은 접동
붉은 아침 노을에 접동이고
먼 산엔 비오새가 비요~~
비요 비요 비요 비요 비오새
우짖는 비오새 가족들
접동이는 소쩍새와 배틀합니다
아침 밝아온 묘시의 향연
바뀜에 계절의 향연입니다
모두여 행복하소서
아는 '내' 꼭 챙겨 가소서
영원불멸인 아는 '내'를…… 꼭!

미소 찬바람.

어제 사시예불 끝나자
굵은 빗방울이 내리더니
밤새워 왔습니다
누가 누군지도 모르게
쉴 새 없이 오네요

그렇게 기다리던 님이라
반가웠습니다
장대비로 가슴 골짝 파고
스미며 왔습니다
시원스레 푹푹 적시며 왔습니다

비도 밤새워 오기에
내도 쪽잠 자는 동무
하룻밤 그리 지새는데
축시 첫닭이 우네요
날 밝을 채비하라고
빗줄기에 젖은 목소리로

비도 잠시 쪽잠 잘 때면

노송 가지가 제 집인 양
소쩍새 소쩍입니다
소쩍소쩍 소쩍쩍
홀로 산중 울려옵니다
깊은 밤 산중 울림 홀로

주룩주룩 입니다
듣기 좋은 가락 빗가락
빗가락이 잦아드는 소리
부슬부슬 부슬 이는 비
밤새우는 가락에 들판
해갈이라 부스스 텁니다

곱게 곱게 오는 비에서
봅니다, 적당을……
평등에 오는 안정감을
폭염 기승에서 봤습니다
지나쳐도 재앙이란 걸
평등이 평화와 아름다움
안위로 이어져 있다는 걸

폭염이 가뭄 몰고 온 끝
빗줄기 받으며 한 생명들
새 삶을 영위합니다
지나치지 않게 평행의 삶
어디에 있든 중심인 삶
가뭄 끝 빗줄기에서 봅니다

단비에 감사 전하면
소중함 알게 해 준
대자연의 섭리에 감사
작은 내가 어찌 못하는데
큰 '내'인
자연이 자연스레 오갑니다

모두여 감사합니다
우린 한마음 한 몸입니다
서로를 존중하며 삽시다

⭘ 잘 챙겨 갑시다. 이렇듯 소중함 아는 '내'
미소 함께 。

팔월 하늘
가만가만 봅니다
보일 듯
잡힐 듯
가만가만 하는 일

팔월 하늘
살며시 봅니다
칠월 하늘이
뭘 물려주었기에……

팔월 하늘
가만가만 하늘하늘
고추잠자리 빨갛게 날고
고추 빨갛게 익어 갑니다

팔월 하늘 열어 놓은 창
보입니다
흰 구름
파란 하늘 구름 지는

늘 푸르렀던 하늘
팔월이라 입추절에
입춘 불러
팔월 하늘 가만가만 갑니다

가만가만 가는 소리에
오는 소리 가만가만……
무술년 8월 8일 수요일에

O 잘 살펴 갑시다. 빈틈없는 내 아는 '내'로
미소 아름답게.

왜?
왜?란 수식어가 붙는다
이 아침에
뜬금없이 왜?

잠이 덜 깼나?
밤도 길어졌는데
어둠이 길어서인가?
~왜?

아이일 때
뭐든 물어보곤 왜? 했다
왜?
그런데 그게 왜?

이해가 안 갔다
겪은 일이 없었기에
체득이 안 됐기에
그저 왜? 왜~?였다

참 순진무구
참 때꼽재기 없이 뽀송
참 맑고 맑은 옹달샘 같았다
그저 퐁 퐁 퐁 솟는 왜?

왜?
지금 와?
여기엔 음!
찰나라 찰나, 찰나!?

O 잘 살펴 갑시다. 미끄러운 길 아는 ' '로
미소 왜?^^ .

채비
입추가
채비하라 합니다
여름 불볕 갈 채비하라 하고
가을
올 채비하라 합니다

불볕 그 님이 하신 일
애송이 알알 채워
알알들 영글게 하는 일
불볕에 타버린 초목
마감한 풀들도 있지만
불볕 그 님은 그저
자기 본분사만 했을 뿐!

입추
절기가 채비하라 합니다
내도
어느새 쭈글쭈글 입추
모여진 내

갈 채비하라 합니다

내 인연들 채비이고
내 흩어질 채빕니다
내 모여 모여짐에
내 흩어 흩어짐에
채비 채비하라 입춥니다

가을날에 채비 단디 하게
단디 한 채비 알알입니다
흐름에 흐름입니다
귀뚜리 우는 계절에 채비
입추 8월 10일 금요일에……

'내' 요지부동 채비
'내' 채비라 할 것 없는 채비
'내' 가고 옴이 [   ]…… 채비
'내' 라고 할 만한 게 없는 채비

◯ 잘 살펴 갑시다. 모였다 흩어짐 아는 '내'
미소 채비한

음력 7월 1일 칠월 초하루 길
오락가락 초입새 가을비가 내립니다
보슬이다, 부슬이다
가랑가랑 가랑이다
안개비로 이슬비로
밤 지나는 길에 커져 갑니다
비라 말하는 소리 뚝뚝

칠월 초하루
그리운 임 찾는 견우
애절한 임 찾아 직녀
하루 다리 오작교 은하강
십이 숫자 길고 길어 숫자 잊으려 소먹이며
한 날줄, 한 씨줄 베틀 직녀
임 잊으려 날 잊고 지낸 12

칠월 초하루 길
세월의 강 임 보냄에
익혀 간 가을이 가슴속 헤집고
헤집어진 가슴은 꽁꽁 언 날줄에

한 가닥 언 가슴 비집은 연정 씨줄

임 향한 피움은 만발

강 건너 저쪽 풀밭엔 그리움

나루 건너온 결결 보슬비 부슬부슬이다

초하루 칠월 길 초이레 길

가랑가랑 적시면 안개비

초이레 이슬 놓아 가는 오들

칠월 초하루 견우가 한줄기

초하루라 직녀가 한줄기

새벽 강에 풀어내는 비

먼 산엔 안개가 바쁘고

코앞엔 어둠이 바쁜 재촉

먼동 아촉 가르며 한송

백중 길 미타 굴

촉촉 지어 가는 나절 초하루

숨 가쁘게 칠석 칠월 견우·직녀

소리 없는 그제, 어제, 오늘!

O 잘 살펴 갑시다. 초하루라 아는 '내'
미소 보슬이는.

한 땀
한 땀 기웠습니다
낡아 구멍 난 내 옷

또 한 땀 한 땀
기워냈습니다
낡아 버릴까봐

시절 실
시절 조각
덧대어 기워 봅니다
구멍 나 버릴까봐

뚫린 구멍에
황소바람 들까봐
조각조각 덧대서
틈 없이 기워 봤습니다

기워져 틈 없고
낡아서 틈 없는

시절 실이 시절 조각

한 땀 한 땀 기워 봤습니다

한 땀"

○ 잘 살펴 갑시다. 소소영영 아는 '내'
미소 침묵에

가뭄에 폭염에
올 여름 몸살앓이 펄펄
세상이 끓는 펄펄에
애간장 녹이던 날
컥컥 막혀 숨 헐떡이며
기다리는 간절함에는 비가……

그토록 기다리던 비
입추 즈음에 와서는
8월 14일 오늘에야 갔습니다
비란 비는 다 왔다 갔습니다
안개비 이슬비 소슬비
가랑비 장대비 여우비
호랑이 장가가는 비 등
곱게 몇 날을 오며 갔습니다

말복 더위 할일 없을까봐
갔습니다, 구월이 오기 전에
팔월 막바지 여름 두고서

며칠 만에 창가에 볕이 드네요
어디서 왔는지 팥뚜기가
창가에 앉아 해바라기합니다
팥뚜기 날개 파르르 떠는 소리
가을 풀벌레 악주엔 팥뚜기 소리도 한 연주합니다

귀뚜라미 소리 가을 부를 때
팥뚜기도 거드는 화음~에
여치도 나 여기 있다고 한몫
익혀 가는 가을마당에 향연
뚝 뚝 뛰 넘는 메뚜기가
까르레기 까르르 부르는 가을
방아깨비도 한 날갯짓으로 고추잠자리 부릅니다

한낮에 한창들 요란법석
참나무엔 오시매미들 울고
말매미가 즐겨 찾는 미루나무
요즘은 미루나무 보기 힘듭니다
그래서인지 말매미 소리가 들리지 않습니다

말매미가 울 때면 늦더위에

땀띠가 영글어 톡톡

땅벌처럼 쏘며 괴롭히던 시절

오늘은 옛 시절 데려다 한바탕 그려 봤습니다

세월 한 자락 처마 끝에 매어

늦더위에 비벼서 맛나게 여름 그늘 지워 갔습니다

O 잘 살펴 갑시다. 옳고 바르게 아는 '내'로

미소 핫.

깁니다
길어서 길어져만 갑니다
한 끗 그어
꿰어 부침도 없이 길기만

깁니다
끝에서 끝을 봅니다
긴 끝 끝없이 끝이 없이
'내' 끊어짐 없이 깁니다

그냥
나절 나절입니다
해 나절, 달 나절

마음이란 이름의 나절
참도 필요 없이 깁니다
몸이란 이름에 나절
길어 긴 '내' 깊이여

○ 잘 살펴 갑시다. 길다고 아는 '내'
미소 말없이

세월이 멋입니다
흘러드는 세월 먼발치
한 구비 한 구비 돌아들면
수많은 이야기가 박혔고
이 소 저 소 한 소엔 수많은
사연이 씻겨 돕니다

세월의 멋
그 속의 소용돌이엔
갈무리에 맺힘입니다
갈무리 딛고 솟아남에 삶
여림입니다
만지면 으스러질 듯한 여림

세상이 멋입니다
어림에 세상이 갈무리 멋
돌아들메 앞산 흰 무리 어둠 가르며
하얀 안개 하얗게 멍멍
앞산 허리 두루는 멋
멋 세월입니다

세월 지움 필요치 않는 추억

세상 흐름이 원기입니다

세월 흐름에 멋입니다

세상 피어나는 아름다움

한 구비 한 구비 이야깁니다

멋 세상 풀어 푸는 멋입니다

내 님의 멋입니다

내 멋 네 멋 제 멋입니다

멋향이 실안개로 멍멍

여린 가슴에 수놓습니다

세월의 멋은 가슴입니다

가슴에 심김이 사랑입니다

사랑은 천 개의 눈

사랑은 천 개의 손

멋 사랑입니다

멋 아름다움입니다

멋 내 님입니다 영원—

❍ 잘 살펴 갑시다. 내 님인 멋 아는 '내'
미소 멋.

한 칸
까맘이
홀로인
법당에 앉아
새벽을 맞이하네

어슴푸레한 게
한밤은 지났나 보네
별 하나가
푸른 눈빛 보내는 안녕

찡긋
눈인사 푸름이네
서슬 파란 푸른 빛
형형히
어찌 너를 따를 수 있으리

형 형……! 이—

○ 잘 살펴 갑시다. 낱낱을 아는 '내'
미소 형형한.

그끄제 밤 별 밤이 참 예뻤습니다
별은 별이라 밤을 벗 삼아
은하라는 강을 만들었습니다

별들이 뭘 알겠습니까
은하강이 뭘 알겠습니까
밤이야 뭘 알겠습니까
낸들 뭘 알겠습니까
참 아름답게 어우러진
밤 별들의 은하강이었습니다

7월 7일, 칠월 칠석
일 년에 딱 한 번의 칠석
직녀가 견우 만난다는 날
은하수가 무척이나
깊고 아름다운 밤하늘
마음 날개 펴 거닐어 봅니다
한민족들의 하늘 여행, 칠월의 깊은 별들 속 여행
칠월 칠석 맞이하는 마음 의식, 우주를 기리는 마음의 행사
칠월 칠석에 그 뜻 헤아려 봅니다

견우라 봅니다
　　　　직녀를 봅니다
직녀라 봅니다
　　　　견우를 봅니다
오작교 건너서 만납니다

미신이라 일컫지 마세요
님이 미신입니다
아직 미신이신 님입니다
옛 님들 모른다 마세요
님이 모자람입니다
옛 님이 가신 길 이리 갑니다

수많은 이름 중에 왜?
하필이면 견우겠습니까
왜 직녀겠습니까
다른 새들도 많은데 왜?
하필이면 까마귀입니까
왜?
오작새가 다리를 놓습니까

잘 살펴봅시다

견우《 》본다 자신을

직녀《 》바로 여여 든다

오작교《 》깨달음의 그곳에

내 마음 미혹의 강을

깨달음의 다리를 놓아

참마음을 보는 견우

바로 항상 드는 직녀

어리석음 이편에서

저편 니르바나에

깨달음 다리 지나야……

칠월 칠석 그런 날

내 마음 바로 아는 날

내 마음 바로 알고자 하는 날

내 마음 미혹 떨치는 날

○ 잘 살펴 갑시다. 아만의 굴레 아는 '내'
미소 환.

말복도 가고
칠석도 가고
무술년 여름 절기
모두 갔다

그 먼 길 서두름 없이 왔다
저 먼 길 서두름 없이 갔다

갔다
그렇게
8월 18일 간다
멈춤 없이

견우 몇일까
직녀 몇일까
오작은 몇일까

허 우 적

O 잘 살펴 갑시다. 낡아 가는 것 아는 '내'
미소 늘 그러하게.

맑은 청량이 감도는데
몸 피곤이 온다

가물가물
눈이 먼저 감긴다

쉰다
청량 한숨 마시며

까맘엔 반짝이 이불 한 장

살폿이 덮고
산중 드르렁 푸후 간다

피곤 재우는 은하수 그림
반짝 이불 한 장 덮고 잔다

푹 하는 휴—

O 잘 챙겨 갑시다. 피곤 아는 '내'
미소 휴.

잠잠히
잠잠한 앞산 도솔봉
바라본다

바라본다고 본 것은
······그렇다

서산 성주봉 그늘에

모두가 쉬는 소리
잠잠한 드르렁 드르렁
덩달아 목탁도 잠잠히
드르렁~ 드르렁 푸후 —
산중을 재운다

성주봉 아래 성주골
성인이 머문다는 암자엔
잠잠한 드르렁
성인은 없고
잠잠만 드르렁

성인 머물다 간다 한다

잠잠히
상현달 삼킨 성주봉
산중에 들어 드르렁
이 한밤 깨운다
성주골은 야심한데
산중 쩌렁쩌렁 드르렁

잠잠에 산중
반짝이는 은하 이불 한 장
살포시 덮고 드르렁 푸후—
휴—~
잠잠히 맑은 바람 인다

잠잠히

○ 잘 살펴 갑시다. 잠잠을 잠잠이라 아는 '내'
미소 잠잠히.

멋
간밤에 3좌가 다녀갔습니다
멋입니다
긴 길의 여정
차 한잔에
달여 녹여 담았습니다

계피향 달을 우렸기에
녹차향 푸른 봄 우렸기에
국화향 지난 가을 우렸기에
백리향 걸음했습니다
백리 날아 박하 잎 데리고
박하향 한송뜰 가득히 날아
보라향 칡꽃에 앉은 다담
내였습니다
너였습니다
우리 한송뜰이었습니다

한 잔의 차에 도광이 녹고
두 잔 차에 하하 녹는 선묵

만공도 석 잔에 녹여 푼 다담
내었습니다
너였습니다
우리 한송뜰 다담이었습니다

잡담이 아닌 다담의 시
잡기가 아닌 다담의 기
3좌도 5좌도 9좌도
한잔의 차 녹여든 다담
멋이었습니다

우리들의 멋, 참선의 멋
다담이었습니다
태풍도 녹이는 다담
다담 멋입니다
우립니다― 생생~

○ 잘 살펴 갑시다. 다담의 성품 아는 '내'
미소 다담.

예초
예초의 길입니다
무명을 자르고
번뇌를 깎아
무지를 벗기는 예초

뜰
여린 날에 풋풋함이
무성한 잡풀로 난장
무성이 난무한 뜰에
예초의 길 떠납니다
떠났습니다

도광이 베고
송담이 깎았습니다
턱수염 깎은 풋풋
삭발한 머리 파릿
예초, 예초였습니다

순간의 예초

찰나의 예초

보이지 않는 무성

일도에 날립니다

무지를 벗습니다

훌 납니다, 무명이—

⭕ 잘 살펴 갑시다. 순간의 예초 아는 '내'
미소 무명.

어스름이 내려옵니다
종일
내리는 빗속에 스며듭니다
가슴 한 켠에도
어스름 한 조각이 내려오네요
사알 후벼 싸아합니다

어스름
산내리에 어둠이 되네요
종일 휘적이는 가을비
가슴 두 켠 적셔오네요
어둠이 내려와 젖은 가슴에 안길 때
차다 하기엔 그리움이 먼저 번집니다

그리움이 빗물 되어 가슴 적실 때
메마름 촉촉이 단샘 고인 달콤
엠에 쌉싸름함도 맛
가을비 담겨진 맛
전설의 추장
솔릭의 사랑입니다

가을비 어둠 타고 내립니다
두두둑이며 파고든 가을
그리움의 연정입니다
내리는 비 종일 가슴에 고여
핑 돌아 흐릅니다
연정입니다
가을날 연정
내 님 그린 그리움입니다

어스름이 녹아든 어둠이
빗물 되어 가슴에 고입니다
예 이은 애상 내 님 그림
뚝뚝 빗속에 떨굽니다
내 님의 사랑 깸입니다
온전한 사랑 연화장입니다
사랑 한송입니다
내 님—!?

○ 잘 살펴 갑시다. 낼 그리는 맘 아는 '내'
미소 내 님의 .

구름이 엿게 깔렸네요
밤은 깊어 오는데 빗방울이 떨어지네요
할 말을 잊었어요
바람은 지금 별 이상 없네요
소쩍새만 가끔 소쩍일 뿐
허공에 습기가 차 있어
끈적이며 내 허공에 닿네요
흐름이 느려서 끈적임도 긴 밤
새벽 뜰 거닐어 보네요
하지만 습기 어쩔 수 없어
가만히 법당에 앉아 보아요
여전한 습기에 그만 이 뭣고
여여부동 그 자리에 가네요
고요 껴안고 부동한 그님에게
새벽 인사 가네요
안녕히 왔다 안녕히 가세요란
말로 인사해 보네요
님의 성품 곱게 보여 주고 가세요
솔릭⁴ 24일 04시 솔릭이 왔네요
훅 불며 오네요

만나서 반갑다는 말 접을래요
솔릭 거쳐 온 길에 상처 때문이죠
한편 고맙기도 하지만
어쩔 수 없음이니 그리 아세요
작은 상처이길 바랄 뿐이네요

솔릭 고맙고 미안해요
하지만 그런 말할 수 없어요
거친 님의 성품 때문에
희생된 님들 마음 아프기 때문이죠
그런 솔릭 바라보며 아미타불
솔릭이여 아미타불
자연의 공조, 솔릭님의 길 이유 있겠지요
그래도 곱게 다녀가세요
상처 아프겠지만
그래도 모두를 사랑합니다

○ 잘 살펴 갑시다. 모듬을 영영히 아는 '내'
미소 그런.

4 2018년 8월에 한반도에 불어 닥친 태풍.

음력 칠월 보름
하안거 해제일이며 백중절입니다

나를 알기 위한 한철 정진
망각하고 살아온 세월을
무엇이 망각했는지
무엇이 이렇게 헐떡이며
살아오고 있는지
한생각 고요에 들어
자신을 살피는 정진 기간
여름날 폭염 장마를 피해
성전에 모여서 정진한 기간
여름안거에서 만행으로 이어지는 수행 기간이다

이렇게 정진한 고도의 힘을
우리가 세상에 있을 수 있게
바탕이 되어 주신 부모님께
조상님께 효도하는 날 백중
부모 없는 나란 있을 수 없다
어제가 있어야 오늘이 있고

오늘이 있어야 내일이 있듯
부모 없이는 조상 없이는
모든 것이 존재할 수 없다
다 그렇다

백중절은 은혜 입은 모두에게
나의 작은 정성을 보답하는 날
유생무생 모두의 은혜 갚는 날
은혜 갚음에 정성을 다하자
마지못해서가 아니라 성심껏 하자
허공으로부터 부모님에 이르기까지
모두에게 감사하는 날
온 정성 기우려 내일 날 바탕이 되자
내가 한 일은 어김없이 훗날
내게 돌아온다, 필연이다
그렇다!

그럼에 모두여 행복하소서

⭕ 잘 살펴 갑시다. 이러함을 아는 '내'
미소 은혜에

비
백중 길
새겨 갑니다

내
익숙한
만행 길 갑니다

하나
둘
셋 하나( )!

그렇습니다
바랑
만행 꾹 눌러 담고

그렇습니다
감을 담아
옴에 폼니다

바랑
오늘 담아 지고
내일 집에 풉니다

그렇습니다
너
나( )!

비
내림은
멈추지 않습니다
님의 사랑입니다
님의 발자국입니다
추장 솔릭
오던 길에 흘린 사랑
전설 하나
더 남고 갔습니다
아니
아직 님의 향이
님의 자락이 남아 내립니다
먼지 푸석이는 가슴에
푹 젖은 사랑 쏟아냅니다
저
심층에 닿습니다
저
심연에 묻힙니다
사랑입니다
솔릭이란 이름으로 푹

아낌없는 사랑입니다
갈증에 달콤 뿌립니다
당분 폭염이 포식
떨어진 혈당
솔릭이 채워줍니다
님의 한사랑입니다
내 님의 사랑
솔릭이 남긴 사랑 촉촉
단비!

O 잘 챙겨 갑시다. 소소영영으로 아는 '내'
미소 한사랑.

어제의 일들을 보내고
빗소리 고요한 새벽
듣습니다, 빗소리
아무것도 가미하지 않은
빗소리만 듣습니다

빗소리만 듣고 있습니다
펄떡이는 가슴의 숨도
빗소리 듣습니다
빗소리 듣고 있고
듣고 있음만 있습니다

아무것도 없음엔 빗소리뿐
생각이 가미되지 않은 순수뿐
빗소리뿐 빗소리만 듣습니다
빗소리뿐입니다 그렇습니다
순수에 듭니다

말을 여의고 생각을 여읜
빗소리만 듣고 있습니다

빗소리뿐입니다
잠잠한 오온입니다
앉아 있음만 있습니다
그 무엇도 가미하지 않습니다

종말 죽음도 미래의 일
지금 이 순간 빗소리만 듣고
듣고 있음을 듣습니다
어둠속에 앉아서 빗소리만
아무것도 가미되지 않은 순수
그렇습니다

빗소리 빗소리뿐인
이 순간을 직시합니다
다가올 미래 걱정 안 합니다
호흡지간에 달린 이 몸뚱이
이 몸뚱이로 이 순간 있습니다
지나간 일에 매이지 않습니다
다가올 날에 매이려 하지 않습니다
이 순간을 직시, _____" "

미래심 불가득

현재심 불가득

과거심 불가득

그렇습니다

○ _____!

_____!.

말이란 걸 생각해 본다
쉽게 쉽게 그 상황을 벗어나고
자기 이익을 성사시키려
임기응변의 말을 많이 한다
자기 관점을 조금도 벗어나지 않고
자기를 대변하는 말

옛 님 말씀을 들어 보자
말이 씨가 된다는 말을……
이 교훈에서 보듯 말이 씨가 됨을 알자
진실한 말을 해도 씨가 되고
거짓말을 해도 씨가 되어
자기 자신에게로 돌아온다
마치 부메랑같이

때론 방편설도 있지만……

심으면 싹이 나고 꽃피고
열매를 맺는 게 이치다
거짓말이든 참말이든

비켜 갈 수 없는 한 치 오차 없는 이치
허공이란 함장에 저장된다
내일 날 내게 고스란히 올
씨앗을 저장해 둔다

'때론 방편설도 있다.'

말이 거짓이면
행동도 또한 거짓을 따른다
움직여 업을 만든다
알자
인과법 벗어날 수 없음을
순간을 알자
거짓도 참도 똑똑히 알자
아는 게 힘이란 말처럼
알아야 미혹을 벗어나 참 이치에 든다

바로 듣고, 바로 보아
바른 행동하자
이렇게 되기 위해선

고도의 집중이 필요하다
내 생각대로 듣고
내 생각대로 보고
내 생각대로 행동하고
내 생각의 관점이 편협은
아닌지 골똘히 생각하여
자기 중심에 들자
세상 참이치에 들자

말은 〉
생각에서 만들고 〉 생각은
여섯 가지 감각에서 만들고 〉
감각은 잠재의식에 심겨진 인의 결과다
어제의 결과를 오늘
관세음보살 데이터로
업데이트하여 진인 되자
진인 무위에 들자
무위진인 되어 보자!

○ 잘 살펴 삽시다. 순간이 씨앗 됨 아는 '내'로
진실한

빈—
뜰이 채워져 간다
늘어진 넝쿨 보랏빛
칡꽃이 가득히 채우고
영글어 가는 채움 소리들
솔솔이 가을바람 날린다

빈—
밤하늘 가득히 채워 간다
쏟아질듯 꽉 채운 별들
별 영글어 가는 칠흑
영금이 초롱초롱 야반삼경
풀벌레 가을 노래 채운 뜰

빈—
채워져 간다
허했던 마음에 굴
찰대로 차 가득하니
먼 산 여울 초롱초롱한 별
공활하게 걸어 간다

공활하게—

8월 30일 저문 날개

O 잘 챙겨 갑시다. 여무는 계절 아는 '내'
~ 미~소.

저녁나절에
구름이 서럽게
펑펑
무슨 속절이
펑펑 주룩주룩
뭘 그리기에 그리
펑펑 쏟아 내는 가요
한인가요
더원가요
가슴 답답인가요
펑펑 쏟음에
비보라 저녁나절에……

저녁나절에
비보라가
펑펑이는 곡절
포말 포말집니다
스름스름
저녁나절에
소나기 펑펑

뭘 그리며 서녘 가는지
폭염 머리
촤악 퍼붓는 펑
저녁나절에

펑펑
저녁나절에
팔월 삼십일일 저녁나절에—

⭕ 잘 살펴 갑시다. 소나기라 아는 '내'
미소 펑펑.

생각으로 헤아려 이해했거나
책을 보아 이해했거나
각종 매스컴을 통해 이해했거나
누구를 통하여 이해했다면
진정한 본인 것일 수는 없다
쇼윈도 차려진 이미지
음식 같이 볼 수는 있으나
먹을 수는 없다
그림의 떡이다
이해란 완전한 자기 것 아니다
그렇다고 생각된 물듦이다
터득 되어 자가화 된 것 아니다

진정한
완전한 자신이 되려면
무한한 실천 반복으로
더 이상 터득할 것 없는 경지
이해로 안 것이 아니라
실천으로 터득된 참이치가
더 이상 배울 것이 없는 자리

여리지 그곳이다

실천은 덕목은
듣고 아는 게 뭔지
보고 아는 게 뭔지
맛보고 아는 게 뭔지
냄새 맡고 아는 게 뭔지
느낌 아는 게 뭔지
생각하게 하는 게 뭔지?
골똘히 참구하여
터득된 이치 참이치를
진리에 이르렀다 말한다

그런 줄 알고 실천궁행 하자
아는 '내' 놓치지 말자
참 마음으로 살자

미소 행복한

약속의 그날
전야입니다
어스름이 내린 뜰
어둠을 헤쳐 봅니다
헤쳐 가는 길
모퉁이 도는 삼천 년
한 아이가 있네요
하늘 우리 참스런 모습이
어두운 삼경 길 빛이 되어
한 점으로 갑니다

길손
어스름 길을
육환장도
죽장도 없이
시절 펜 주장자
어스름 메고 갑니다
모퉁이 도는 하세월
한시절 우리 멋으로
어스름 밤 빛에 손

한점이 됩니다

한 아이
따스한 손에
정다움 져 흐르고
다정한 눈빛에는
어스름 별이 흐릅니다
우리 가는 길
모퉁이 돌아든 한세월
한 아이 하얀 미소엔
어스름 밤 광활한데
한점…… ! …… 사랑(존중)이!……

◯ 잘 살펴 갑시다. 소소영영으로 소소영영!
미소 하얀.

9월 3일 12시 15분
약속한 날
갑니다, 훌훌 훌~~
감사했습니다
긴 날
달콤한 잠 깨우는
아침 여섯 시 귀찮…… 안녕~

모두 건강하시고 늘 행복하시옵소서

삼 년의 강
바다에 이르고
심연에 잠깁니다
석존께선 40년 설법하시고
열반하실 제 한 법도 설하신 적
없노라 하셨습니다

소납도
한마디 말한 바 없다고
말하고 싶습니다

한글도 쓴 적 없다고
말하고 싶습니다
그냥 그럴 뿐입니다

세상 존귀한 님 바로 자신입니다

님이
완전한 님이십니다
스스로 등불이고
스스로가 법입니다
스스로가 완전합니다

님이 관세음보살이시고
님이 문수보살이십니다
님이 보현보살이시고
님이 지장보살이십니다
님이 바로 아미타불
나무아미타불

O 잘 살펴 갑시다. 완전한 내 아는 '내'로
회향

보허당 : 만행의 구도자, 지친 마음을 어루만지는 따뜻한 손길의 스승, 세상의 평안을 기도하는 수행자. 한반도 동쪽 끝, 고래의 전설이 내려오는 곳에 터를 잡고 고래 불(佛)이 된 이.

모두가 꽃이다 : 늘봄

초판 1쇄 인쇄   2019년 8월 29일
초판 1쇄 발행   2019년 9월 17일

지은이 / 보허당
펴낸이 / 정용우

편집 / 김재희
디자인 / 장주원

펴낸곳 / 한송뜰
출판등록 2018년 12월 31일 2018-000015호
주소 울산시 남구 수암로 129번길25 301동 2404호
전화 070-8861-4755
전송 052-261-2009

ISBN 979-11-966221-3-8 04810
      979-11-966221-1-4 (세트)

ⓒ 보허당, 2019

이 도서의 국립중앙도서관 출판예정도서목록(CIP)은 서지정보유통지원시스템(http://seoji.nl.go.kr)과 국가자료종합목록시스템(http://www.nl.go.kr/kolisnet)에서 이용하실 수 있습니다.(CIP제어번호: CIP2019032121)